700년 전 약속

700년 전 약속

이진숙 장편소설

bookin

Contents

| 프롤로그 |

그날, 바다

"아무래도 바람이 심상치가 않아."

세령은 먹물 같은 바다를 향해 중얼거렸다. 자시 무렵이 되자 바람에 별빛이 흔들리는가 싶더니 일순 하늘이 흐릿해졌다. 순탄한 항해를 기원하는 승려들의 저녁의식도 끝났고 선실 안은 고요해진 지 오래였다. 순찰 도는 무사들 나막신 끄는 소리가 뱃전에 부서지는 파도에 묻혔다. 늦도록 잠을 이루지 못하는 상인 몇이 머리를 맞대고 장기를 두는지 주사위를 던지는지 두런거리는 소리만 이따금 들려왔다. 갑판에 나와 밤하늘을 올려다보던 세령은 등골이 싸했다. 초저녁 또렷하던 별들이 까마득히 빛을 잃었다. 귓불을 스치는 바람에서 느껴지는 불길한 기운에 세령은 가슴이 뛰기 시작했다. 부친을 따라 일찍이 배에 올랐던 그는 바닷바람이 전하는 기운을 금방 알아챘다.

유월 초사흗날 아침, 세령이 탄 원추선元趨船이 중국 저장성 칭위엔(

慶元)을 출발했다. 배안에는 도자기와 약재, 생활용품, 건축자재가 가득 실렸다. 선박 건조가 달포나 늦어진데다 마파람 불기를 기다리느라 출항이 이틀 더 늦춰졌다. 이번 항해는 세령의 부친인 진랑이 이끌기로 돼 있었다. 출항 예정일이던 유월 초하룻날 새벽에 진랑은 돌연 토사곽란을 일으켰고 연이틀 원인 모를 고열에다 거품설사가 멈추질 않았다. 그 몸으로 출항은 무리였다. 선주는 진랑 다음으로 항해 경험이 많은 마록 제독으로 급히 선장을 교체했다. 기실 마록은 무역선보다는 해상전투 경험이 많은 자였다. 한때 바다의 검은 안개라고 불릴 만큼 일대에서 악명 높은 지휘관이기도 했다. 그에 비해 진랑은 삼십 년 남짓 선단을 이끌며 고려와 일본은 물론 동남아까지 뱃길을 주름잡아 해상의 신으로 불렸다. 그는 천문과 지리에 능했으며 크고 작은 바닷길을 꿰고 있었다. 이 일대에서 진랑의 탁월한 항해술을 따라잡을 만한 이를 찾기란 쉽지가 않았다.

"며칠 늦어졌다고 절대 서두르진 마라."

출항하는 날 아침, 하직인사를 올리는 세령을 보려고 진랑이 힘겹게 눈을 떴다. 그는 바싹 마른 입술을 간신히 움직여가며 긴 항해를 떠나는 아들에게 당부 또 당부했다.

"배가 커서 별일은 없을 게야. 그 배는 쉽게 가라앉는 배가 아니다."

새로 건조된 원추선은 총길이 삼십 미터가 넘고 이백 톤급 초대형 규모로 격벽과 용골龍骨을 갖춘 최신식 범선이었다. 일곱 개 격벽과 여덟 개 선실로 된 수밀격벽水密隔壁 방식은 배 일부가 파손되더라도 곧바로 침수되지 않는 비교적 안전한 구조였다. 바닷물과 맞닿는 외판을 보호하기 위해 포판재包板材를 덧씌웠으며, 배 밑바닥이 칼날처럼 생긴 침저선이다. 침저선은 삼 미터 높이의 파도에도 끄떡없고 바람이나 파도에 배의 방향이 쉽사리 바뀌지 않으며 조파저항이 적어서 저항성능이 매우 우수하다. 한마디로 먼 바다를 항해하기엔 최적의 범선이었다.

진량은 원추선이 건조되기만을 학수고대해 왔다. 어쩌면 이번이 자신의 마지막 항해가 될 거라고 여겼던 것이다. 큰 뜻을 두고 몹시 기대했던 일이 하나씩 어그러지기 시작하더니 종국에는 하릴없이 드러누워 아들을 걱정하는 처지가 돼버렸다.

"연안항로가 비교적 안전하다. 풍랑을 만나거나 배에 문제가 생기면 적당한 곳으로 즉시 피항해라. 늘 그랬듯 피항하기 알맞은 곳을 미리 파악해 두는 게 좋을 게다."

음력 유월경부터 동중국해 일대에는 태풍이 불고 동풍과 장마가 북상했다. 원추선 건조가 지연되고 출항일 또한 늦어지면서 진량은 시기적으로 무모한 항해라며 이번 출항을 반대했었다. 진량의 만류는 선주와 시박사市舶司 관리들을 설득하기엔 역부족이었다. 동복사 주지의 끈질긴 재촉과 협박이 결국은 출항을 결정하게 만들었다. 자신을 대신하여 아들을 험난한 항해에 보내야 하는 진량의 심장은 점점 타들어갔고 병증이 더해만 갔다.

먼 항해를 떠나는 세령의 발길도 무겁기는 마찬가지였다. 병중인 부친도 그렇거니와 만삭의 아내를 두고 가야 하는 마음은 찢어지는 듯했다. 그의 아내는 고려에서 끌려온 공녀였다. 시박사 늙은 관리에게 팔려갈 처지에 놓인 걸 진량이 구해주었고 그의 아들 세령과 혼인했다. 이름은 순順이다. 고려의 몰락한 양반가 딸인 그녀는 이름처럼 순하고 고왔으며 특별히 침선과 요리솜씨가 뛰어났다. 그녀는 태중에도 불구하고 먼 길 떠나는 세령의 의복을 손수 짓고 붉은 비단천에 제 이름자를 새겨 저고리 안쪽에 달아주며 지아비의 앞길이 순탄하기를 기도했다.

이번 대항해의 목적지는 일본 하카타였다. 이태 전 큰 화재로 소실된 교토 동복사를 재건할 물품이 배에 가득 실렸다. 용천도자기만 이만 점이 넘고 건축자재로 쓸 자단목이 무려 천여 개였다. 불상을 만들 팔백만 개의 동전도 자단목과 함께 선실 바닥에 빈틈없이 자리했다. 중국의 용천도자기는 부처에게 꽃과 차를 바치는 용도로 일본에서 인기가 많았다. 물품을 선적하는 데만 두 달이 걸렸을 정도였다. 무리한 선적이라고 진량이 시박사 측에 자주 위험을 알렸으나 그럴 때마다 진량의 의사는 무시되었다. 새로이 건조된 원추선을 시박사 관리들은 크게 신뢰하는 듯했다.

유월 초사흗날, 마침내 원추선이 출항했다. 출항하고 사나흘이 지나도록 바다는 더없이 고요했다. 낮에는 육지와 섬과 높은 산이 등대가 되어주고 밤에는 달과 별이 길잡이가 되어주었다.

"부처님의 가호로 순항을 하는 듯하오만."

항해 나흘째 되는 날 주지가 마록 제독을 찾아왔다.

"조석으로 무사항해를 기원하는 스님의 정성에 하늘이 감복한 모양입니다."

"이대로라면 늦지 않게 도착하겠지요?"

"아직 속단하긴 이릅니다. 지금 시기가 태풍 장마가 지나는 계절인지라……."

마록이 말끝을 흐렸다.

"반드시 기일에 맞춰 도착해야 하오. 하루라도 늦었다가는."

주지의 목소리에 날이 섰다. 조급하면서도 다소 위협적인 눈빛이 마록을 향했다. 한때 하늘 무서운 줄 모르던 검은 안개 마록도 주지 앞에 선 맥을 못 추고 말았다.

다음날 일찍 눈을 뜬 세령은 갑판 위에서 주변을 훑어보다 화들짝 놀랐다. 망망대해 한가운데 배가 놓여 있었다. 눈앞에 보여야 할 산과 육지가 보이지 않았다. 배가 항로를 이탈한 게 분명했다. 세령은 급히 마록에게 가서 상황을 고했다. 마록은 입을 꾹 다물었다.

"당장 고려 연안으로 항로를 바꿔야 합니다. 언제 태풍이 몰려올지 모릅니다. 선장님!"

"이대로 사나흘만 순풍이 불어준다면 별 일은 없을 걸세."

"이건 무모한 항해입니다. 큰바다에서는 자칫 방향을 잃을 수 있습니다."

"어디서 명령인가!"

마록은 발끈해서 세령에게 눈을 부라렸다. 세령은 불끈 주먹을 쥐었을 뿐 더는 아무 말도 할 수 없었다. 축시를 넘어서면서 바람이 불기 시작했다. 파도에 배가 이리저리 흔들렸다. 사방은 칠흑이었고 밤하늘 흔들리던 별빛마저 보이지 않았다.

"선장님, 지금이라도 속히 해안가로 피항해야 합니다."

세령이 마록에게 머리를 조아리며 하명을 기다렸다.

"잠시 지나는 바람일 뿐이오. 또한 이 배는 어지간한 풍랑에도 끄떡없다고 들었소."

주지가 마록의 입을 막았다.

"설사 그렇더라도 이런 망망대해를 항해한다는 건 위험합니다. 일단 피항하는 게……."

"닥쳐라! 애송이 주제에 말이 많구나."

다급해진 주지가 세령을 향해 고함을 질렀다.

"기일을 넘겼다간 큰일이오. 후일에 닥칠 막대한 피해를 당신들이 보상해줄 거면 알아서들 하시오!"

주지는 아예 협박을 해댔다. 이들이 탄 무역선은 늦어도 칠월 전에 하카타에 도착해야만 했다. 매년 음력 칠월 보름이면 우란분재가 열린다. 조상의 영혼을 천도하는 우란분재는 종파와 지역을 막론한 큰 행사였다. 무역선 선실 한 칸이 우란분재에 쓰일 물품으로 가득 채워졌다. 주지가 시박사 관리에게 뒷돈까지 줘가며 무리하게 실은 물품들 대부분이 그날에 쓰일 것들이었다.

망망대해에 놓인 원추선이 가랑잎처럼 흔들거렸다. 눈앞에 집채만 한 파도가 배를 삼킬 듯 달려들었다. 뒤늦게 위험을 감지한 마록은 급히 해안가 쪽으로 뱃머리를 돌렸다. 승려들은 일제히 염불을 외며 갑판 바닥에 엎어졌고 상인과 선원은 두려움에 소리를 질러댔다. 원추선은 좌우로 휘청거리며 한반도 서해안으로 떠밀렸다. 쾅! 엄청난 충격이

뱃머리에 전해졌다. 파도에 떠밀리던 배가 암초에 부딪친 것이다. 뱃머리 우현에 틈이 벌어졌고 그곳으로 걷잡을 수 없이 물이 쏟아져 들어왔다. 배는 쉬이 가라앉지 않고 광풍에 이리저리 흔들렸다. 갑판에 실은 물건이 사방으로 흩어지고 선실에 있던 사람들도 갑판에 나뒹굴거나 바다로 떨어졌다. 돛은 찢어져 나부끼고 돛대는 부러져 바닷물에 처박혔다. 이제는 누구도 배를 제어하지 못할 지경이 돼버렸다. 거친 물살에 휩쓸리던 배는 마침내 침몰하기 시작했다. 선수 우측부터 가라앉다가 순식간에 물속으로 사라졌다. 승려들의 염불소리와 선실에서 터져나오던 비명도 서서히 멈췄다. 세령의 몸도 차가운 물속에 잠겼고 이내 정신을 잃었다.

'부디 무사히 돌아오서요.'

꿈인 듯 아득히 울음소리가 들려왔다. 원추선이 칭위엔을 출항하던 날 만삭의 배를 부여안고 항구에 나와 배가 보이지 않을 때까지 손 흔들던 아내 순이 목소리였다.

1

겨울 여행자

먼 바다 쪽에서 눈바람이 불어오기 시작했다. 희끗희끗한 눈발은 잿빛 바다 위를 유유히 날아와 오래된 소식처럼 카페 유리창에 닿아 부서졌다. 시루섬이 겨울의 한가운데를 지나고 있었다. 섬의 겨울은 길고도 막막했다. 눈바람은 가뜩이나 고립된 섬을 다시금 고립시켰다. 허나 섬사람들은 고립을 두려워하지 않았다. 생태적 고립이든 의도적인 소외든 그들은 운명처럼 그것을 받아들이며 지금껏 견뎌왔다.

'타닥!'

난로 옆에서 바싹 붙어 수를 놓던 도화는 고개를 들어 주변을 둘러봤다. 낯선 기척 같기도 하고 창을 흔드는 바람소리 같기도 했다. 그녀가 자수에 열중한 사이 어둠이 고집 센 노파처럼 찻집 구석진 곳부터 파고들어와 자리를 잡아버렸다. 너무 오래 웅크리고 앉아 있었다. 잔뜩 접힌 어깨와 허리를 일으켜 바로 세워본다. 익숙한 통증이 몸 군데군데 일었다. 도화는 컵이 진열된 벽 쪽으로 어깃거리며 걸어갔다. 카페 벽면 한쪽에 나무선반을 맞춰 짜고 선반 칸칸마다 컵을 얹어놓았다. 컵은 선물 받은 것도 있지만 그녀가 여행 중에 사 모은 것이 대부분이었다. 한쪽 벽면을 가득 장식한 컵 중 마음에 든 하나를 손님이 골라오면 거기에 커피나 차를 담아주기도 한다. 그녀는 한참동안 컵을 훑어보다가 눈높이께 투박하고 큼직한 도자기 컵을 집어들었다. 재작년 여름인가 부안 내소사에 다녀오는 길에 들른 길가 작은 찻집에서 산 걸로 기억한다. 찻집 주인은 자그맣고 단아한 여인이었다. 곱게 빗어 넘겨 쪽을 진 머리와 치자와 감물 들인 치마저고리가 인상적이었다.

컵을 고르는 시간은 짧지만 행복하다. 열몇 살 소녀처럼 그녀의 눈빛이 반짝이는 시간이었다. 도화는 자못 진지한 표정으로 컵을 고르지만 늘 같은 컵을 집었고 정작 자신은 그런 사실을 몰랐다. 밀폐 유리병을 열어 안에 담긴 율무와 땅콩가루 한 스푼을 컵에 담고 뜨거운 물을 붓자 고소한 내가 수증기와 함께 피어올랐다. 스푼으로 가루를 천천히 섞으며 바다가 보이는 창 쪽으로 몸을 돌렸다. 눈발은 점점 굵어지고 바람은 눈에 보일 만큼 세찼다. 찻집 안은 토굴처럼 어둑한데 창밖은 아직 환했다. 겨울이면 카페에 손님이 단 한 명도 들지 않는 날도 더러 있었다. 말 그대로 비수기였다. 섬으로 찾아드는 여행객은 갯바닥을 뛰어다니는 짱뚱어나 농게를 닮았다. 한여름이면 갯벌 가득 징글징글 모여들었다가 겨울이면 동면에 들 듯 그림자도 보이지 않으니.

'탁!'

첨엔 바람소리려니 했다. 창문을 단단히 잠그긴 했어도 바다와 바싹 마주한 건물은 바람 심한 날이면 특유의 신음을 냈다. 창문이 바람과 대치하느라 힘들어서 끙끙거린다고 언젠가 딸 채목에게 말해줬다. 유난히 겁이 많은 채목은 바람이 심한 날이면 이층 제 방에서 내려와 도화 품으로 파고들곤 했다. 내색은 안 해도 그녀 역시 바람이 무서웠다. 바다 쪽에서 불어대는 겨울바람은 거칠고 음흉했으며 때론 가혹했다.

'탁! 탁! 탁!'

연거푸 출입문 쪽에서 소리가 들렸다. 도화는 무의식적으로 벽에 걸린 시계를 올려다봤다. 시침이 숫자 5를 넘어서고 있었다. 그러고 보니 종일 카페 출입문이 한번도 열리지 않았다. 겨울에는 카페간판 조명도 주말에만 켜고 평일에는 꺼놓았다.

'탁탁탁탁!' 출입문 두드리는 소리임을 확인하고서야 문 쪽으로 다가가 문을 열었다. 빼꼼 열린 문틈으로 눈바람이 득달같이 비집고 쳐들어왔다. 문밖에는 시커먼 물체가 눈보라에 휘청거리며 서 있었다. 도화는 저도 모르게 앗, 소리를 질렀다.

"저, 저기요. 민박되나요?"

굵직한 목소리가 눈바람과 함께 안으로 빨려 들어왔다. 남자의 옷자락이 문밖에서 비닐조각처럼 팔랑거렸다.

"들어오세요."

도화는 몸을 한쪽으로 비켜 남자를 안으로 들였다. 눈바람이 세찼고 무엇보다 사람 목소리를 듣는 순간 와락 반가움이 덤벼들었다. 어둑한 실내에 들어선 남자는 머리와 옷에 얹힌 눈을 털었다. 남자는 잠시 머뭇거리며 주변을 살피더니 자석에 이끌리듯 난로 쪽으로 다가갔다. 도화는 벽 선반에서 컵 하나를 꺼내 난로 위 주전자에서 끓고 있는 물을 따라 남자에게 건넸다.

"추우시죠?"

"대단한 눈바람인 걸요."

"오늘밤에 민박하시게요?"

"네. 괜찮으시다면. 마을입구 슈퍼에 물으니까 여기로 가보라고 했어요."

남자가 두 손으로 컵을 꼭 감싼 채 몸을 녹였다. 어깨에 걸친 카메라 가방이 눈에 띄었다.

"혹시 기잔가요?"

"아, 아뇨. 여행 왔어요. 하필 눈이 엄청 오네요."

"여긴 눈이 많아요. 며칠이나 묵으실 건가요?"

남자는 작은 크로스백 하나만 메고 있었다.

"한 일주일 정도? 짐은 차에 있어요."

남자가 손으로 바깥 주차장을 가리켰다. 도화는 고개를 끄덕였다. 건물 뒤쪽이 주차장이라 차가 들어오는 줄도 몰랐다.

"어머, 아직 불을 안 켰네요."

도화는 출입문 벽에 붙은 전등스위치를 올렸다. 실내가 환해지며 남자 얼굴이 드러났다. 불빛에 드러난 남자 얼굴은 추위 때문인지 창백했다. 카멜색 반코트를 입고 군청색 비니와 검정 머플러를 맸다. 비니를 벗고 머플러를 풀자 남자의 짧고 곱슬곱슬한 머리카락이 드러났다.

"어디서 오셨어요?"

"서울이요. 여섯 시간쯤 걸렸어요."

남자는 언뜻 봐선 삼십대 초반으로 보였다. 목청이 굵은데다 곱슬머리여서 좀 더 들어 보이기도 했다.

"일층은 보다시피 카페고 손님이 묵는 방은 이층이에요. 이층엔 방이 두 갠데 둘 다 바다가 보여요. 바람이 많이 부니까 안쪽 방에 묵으실래요?"

남자는 아무 거나 괜찮다는 표정으로 웃어보였다.

"잠시만 기다리세요. 먼저 올라가서 방을 좀 살필게요."

이층으로 오르는 계단은 카페 출입문 반대편이라 주차장 쪽과 가깝다. 문을 열자 문 밖에서 웅크리고 있던 바람이 날뛴다. 바람은 우악스레 그녀를 낚아채 바다로 데려갈 기세였다. 눈바람에 장악당한 바다는 거멓게 휘장을 두르고 점점 장엄한 빛으로 변해갔다. 휘장 속에서는 뭔가 음모를 꾸미는 듯 무거운 기운이 맴돌았다. 그녀는 이층 계단을 오르면서 주차장을 내려다봤다. 널찍한 주차장에 흰색 밴이 홀로 주차돼 있었다. 계단 센서등이 켜졌다. 불빛 아래 거친 눈발이 벌레처럼 나부끼고 마녀의 치맛자락 같은 바람이 건물 사방에서 파닥거렸다. 도화는 이층 첫 번째 방문 앞에서 잠시 멈칫했다. 채목이 내려오면 늘 머물던 방이다. 금속 손잡이를 돌려 방문을 열자 빈 방 특유의 쓸쓸한 내가 그녀에게 몰려와 안긴다. 방은 잠시만 비워도 서운한 속내를 바로 드러냈다. 굳이 환기를 시키지 않아도 될 만큼 방안 공기는 적당했다. 난방스위치를 올리고 침대 전기장판 온도도 높였다. 발바닥에서부터 서서히 온기가 올라왔다. 마른걸레에 물을 적셔 탁자와 바닥 먼지를 훔쳤다.

걸레에 먼지가 거의 묻어나지 않았다. 세면장도 물기 한 방울 없이 말끔했다. 변기 레버를 내리자 좌악, 소릴 내며 변기에 고였던 물이 시원스레 빠져 내려갔다. 청소를 마치고 계단을 내려오는데 주차장에 세워둔 흰색 차에 불빛이 들어왔다 꺼진다. 잠시 후 남자가 커다란 캐리어를 끌고 계단을 향해 걸어왔다.

"여기, 열쇠요."

"감사합니다."

열쇠를 받아들며 남자는 상체를 푹 숙여 인사를 한다. 남자는 지나치다 싶게 예의를 갖췄다.

"저녁식사는 어떻게……."

"아, 밥을 주시면야 감사하죠."

"겨울에는 여기 식당이 거의 문을 닫아요. 찬은 없지만 준비할게요. 이따 일곱 시쯤 내려오실래요?"

"네네. 감사합니다."

남자는 다시 꾸벅하고 고개를 숙였다. 겨울철에 민박손님이 드는 일은 거의 드물었다. 젊은 남자가 그것도 일주일씩이라니 살짝 흥미롭기까지 했다. 섬의 겨울은 무덤 속처럼 차고 적막해서 하루하루 삶의 의욕이 한 꺼풀씩 벗겨져나가는 기분이 들기도 했다.

서둘러 저녁을 지었다. 민박손님이라고 따로 찬을 더하지는 않는다. 그날그날 가진 재료로 조촐하게 식사를 준비하고 저렴하게 식사비를 받았다. 그게 서로 편했다. 냉장고를 열어보니 엇그제 복동 어매가 주고 간 감태 뭉치가 보였다. 냉동실에서 굴 한 뭉치도 꺼냈다. 국이 끓는 동안 휴대폰을 열어 부재중에 들어온 연락을 확인했다. 어쩌면 채목이 집에 올지 모른다는 생각에 종일 기다렸다. 신문사에서 일하는 채목은 기별 않고 제멋대로 내려오곤 했다. 엊그제처럼 전화로 도화 속을 긁어놓은 뒤에는 어김없이 내려왔다.

이틀 전 휴일 오후였다. 시루섬에서 유일한 카페다보니 겨울이라도 주말에는 손님이 그럭저럭 있는 편이었다. 아메리카노를 리필해가며 다투어 수다를 떠는 중년여자 셋과 다정해 보이는 젊은 커플이 카페를 찾았다. 바다로 난 통유리창으로 햇빛이 담뿍 들어오는, 채목의 표현을 빌리자면 카페의 황금시간이었다. 채목이 전화를 한 것도 그쯤이었다.

"엄마, 엄마, 신안해저유물을 처음 발견한 분이 내 외할아버지라며?"

채목이 밑도 끝도 없이 소릴 질렀다.

"누가 그래?"

"기사에 났네 뭐! 근데 내가 이걸 왜 못 봤지? 서순호 씨! 우리 외할아버지잖아. 봐봐! 1975년 5월, 시루섬에 사는 어부 서순호 씨 그물에 항아리 몇 점이 걸려들었다. 뻘흙과 굴껍데기가 덕지덕지 붙어있어 볼품없었다. 집에 가져가서 잘 씻어보니 청자항아리였다!"

채목의 목소리는 충분히 발효된 밀가루반죽처럼 차지고 빵빵했다. 이제 갓 신입기자 딱지를 뗀 그녀는 기자보다는 아나운서가 더 어울렸다. 학원을 다녀서라도 아나운서로 지원해보라는 주위 권유도 있었지만 채목은 기자를 택했다. 채목은 어려서부터 호기심과 의협심이 넘쳤다. 전화기 스피커로 카랑카랑 들려오는 오래된 신문기사는 도화의 심사를 뒤틀기에 충분했다.

"그게 뭐 어쨌다고?"

"신안해저유물 관련해서 한중일 3개국이 학술대회를 열거든. 우리 신문사가 단독취재를 맡았어. 지금 인터넷 뒤져가며 자료 찾는 중이고. 그런데 갑자기 외할아버지 이름이 나오잖아. 설마설마했는데 진짜야! 외할아버지가 최초 해저유물 발견자라니……. 어휴, 정말 놀라 기절하는줄!"

"끊어라. 그런 거라면 인터넷 기사 찾아보는 게 빠를 거다."

"자, 잠깐! 엄마아! 이거 완전 중요한 거라구!"

"너, 정말!"

"알았어! 알았다구! 검색해볼게."

"그나저나 언제 내려올 거냐?"

"음, 엄청 바쁘긴 한데 그래도 꼭 내려가야지. 거기가 젤루 핫한 곳인데 꼭 가봐야지 않겠어? 이걸 맡기 전엔 해저유물 따위가 나랑은 상관없는 줄 알았는데. 어쩜, 이런 일이!"

채목이 제대로 달떠 있었다. 전화 목소리만 들어도 채목의 흥분한 모습이 고스란히 전해졌다. 통화를 끝낸 도화는 샷잔에 가득 든 에스프레소를 단숨에 들이켰다.

일곱 시가 좀 넘어서 남자가 내려왔다. 코트를 벗고 차콜색 카디건을 걸친 남자는 생각보다 왜소했다. 카페와 맞붙은 일층 주방 아일랜드 식탁에 저녁상이 차려졌다.

"사장님은 같이 안 드세요?"

탁자에 밥이 한 공기만 놓인 것을 보고 남자가 말했다. 도화는 낯선 이와 밥을 먹는 일이 그리 내키지 않았다.

"저는 괜찮아요. 먼저 드세요."

"에이, 혼자 무슨 맛으로 먹어요? 얼른 오세요."

남자가 재차 도화에게 같이 먹자고 권했고 도화는 연달아 거절했다. 어쩌다보니 도화가 손님이고 남자가 주인처럼 역할이 바뀌어 있었다. 도화는 마지못해서 밥을 담아 들고 마주 앉았다.

"오우! 성찬이군요."

남자는 가지런히 놓은 찬들을 보며 감탄했다. 김장김치와 동치미를 먹기 좋게 썰어내고 농게로 담은 게장과 굴젓을 담아놓았다. 손으로 말린 파래김을 난롯불에 뒤집어가며 바삭하게 굽고 참기름 떨어뜨린 간장양념도 한 종지 놓았다. 섬 특유의 음식에 거부감이 있을지도 몰라 계란을 넉넉하게 풀어 통통하게 말아 썰었다. 그중 감태된장국은 그녀가 오늘 가장 공을 들여 만든 반찬이었다. 남자가 뜨거운 된장국물을 연거푸 떠먹었다.

"파래로도 된장국을 끓여먹는군요."

"파래가 아니고 감태예요."

"감태요? 첨 들어봐요."

"파래 사촌쯤이라고 보면 돼요. 조개껍데기에 붙어 자라는데 전복이 이걸 먹는다네요."

"어쩐지, 부드러우면서 혀에 착착 감겨요. 바다와 된장의 절묘한 조환데요."

남자는 성악을 했나 싶게 목청이 크고 말이 많았다. 낯선 공간과 또 낯선 이와의 어색한 분위기를 의식한 행동인가 했으나 그것만은 아니었다. 여행하는 이들이 대부분 그렇듯 일탈에의 자유로움이 뿜어내는 행복한 에너지 같은 거였다. 남자는 카페 벽 한쪽을 가득 채운 컵을 보더니 눈빛을 빛냈다.

"무슨 컵이 저렇게 많죠?"

"선물 받은 것도 있고 여행하면서 하나씩 둘씩 사 모은 거예요."

"사장님도 여행 좋아하시나 봐요?"

"여기 들어오기 전엔 많이 돌아다녔죠."

"저 많은 컵마다 다 사연이 담겼을 것 같아요."

도화는 대답 대신 특유의 잔웃음을 지어보였다. 남자는 카페 여기저기 눈에 띄는 물건들에 별스럽게도 관심을 보였다.

"저 그림? 이 섬 어디쯤이죠?"

남자가 창가 벽에 걸린 수채화를 가리켰다. 도화가 좋아하는 그림이었다. 어느 핸가 손님으로 온 화가가 선물한 그림이다.

"꽃섬이에요. 화도라는 정식명칭이 붙었긴 한데 다들 꽃섬이라고 불러요."

"꽃섬이라, 예쁜 이름이군요."

"만조 때 높은 곳에서 내려다보면 바닷물에 잠긴 섬이 꽃봉오리처럼 아름답다고 해서 붙여졌다고 하고 또 섬에 해당화가 많이 펴서 꽃섬이라고 한대요."

"섬이 온통 알록달록한 꽃으로 덮여 있을 것 같아요."

"그렇진 않아요. 예전엔 그랬을지 몰라도."

"저기도 흔한 전설 하나쯤 있겠죠?"

"물론이죠. 옥황상제 딸 선화공주가 아버지 노여움을 사서 섬으로 쫓겨 오게 되었대요. 공주는 외로움을 달래려고 섬에 꽃을 많이 심었는데 꽃이 잘 자라지 않았대요. 공주가 옥황상제께 애원해서 섬이 비옥해지고 온 섬이 꽃밭으로 되었다네요."

"옥황상제 그 양반은 전국 방방곡곡에 쫓아낸 딸이 많기도 해요."

남자의 농담에 도화는 재밌다는 듯 웃었다.

"실제로 거기 선화공주 꽃밭이 있어요."

"오, 정말요? 무슨 일이 있어도 꽃섬에 꼭 가봐야겠어요."

남자는 수저를 놓은 뒤에도 한참을 떠들어댔다. 식사를 마치고 남자가 설거지를 돕겠다는 걸 도화가 말렸다. 대신 차를 같이 마시자고 했다. 커피를 엷게 내려서 마시기로 했다.

"여기 내려오기 전 이 섬을 검색해봤는데 사장님 카페가 꽤 유명하더군요. 독특한 배 모양에다 700년 전 약속이라는 이름도 독특했고요."

"섬에 하나뿐인 카페라 그럴 거예요. 카페 이름은 딸이 지었어요. 신문기사를 보고 땄고요."

"그 기사 저도 압니다. 700년 전 중국을 출발해 일본으로 가던 무역선이 침몰했는데 이 섬 인근 바다에서 발견됐다는……, 아주 오래 전에 저도 읽었거든요."

"그렇군요."

침몰선이라는 말에 도화 얼굴에 살짝 그늘이 졌다.

"카페 여주인에 대해서도 이런저런 얘기들이 많던데요. 사연이 많은 여인이라고요."

도화는 자신의 얘기가 나오자 눈빛이 흔들렸고 얼굴이 붉어졌다.

"진짜로 사연이 많으세요?"

"사연 없는 사람이 어딨나요?"

"블로그에서 사장님을 얼핏 보긴 했는데 이렇게 직접 보니까 진짜 동안이세요."

"아, 네에……."

이야기가 길어지면서 도화는 살짝 불편했다. 카페를 운영하자니 사생활은 자연 노출되게 마련이었다. 혼자 사는 걸 알고 대놓고 치근거리거나 함부로 대하는 작자들도 있었다. 그녀를 둘러싼 불순한 소문들이 피어올랐다가 저절로 사그라지기도 했다. 그때 마침 남자가 일찍 쉬겠다며 일어나 바로 이층으로 올라갔다.

남자 이름은 소쾌영, 나이는 서른아홉이고 자유기고가면서 여행작가라고 했다. 그는 여행광이란 걸 강조했다. 쾌영, 이름처럼 성격도 유쾌했다.

해마다 수많은 여행객들이 시루섬을 찾아오고 있었다. 이제 시루섬은 더 이상 외딴 섬이 아니었다. 섬에 다리가 놓이면서부터는 흔한 여행지가 돼버렸다. 시루섬의 볼거리라면 은모래가 펼쳐진 십리 백사장과 단일염전으로는 국내 최대 규모인 태평염전, 유난히 붉은 서해낙조를 꼽을 수 있다. 거기다 하나만 더 보태라면 그녀의 카페였다. 카페건

물이 옛날 배 모양인데다 바위섬에 우뚝 걸터앉은 것처럼 독특하게 지어져서 이곳을 찾는 여행객들의 눈길을 끌었다. 게다가 시루섬에서 유일한 카페다보니 많이들 찾아왔다. 도화는 카페 이층에다 방을 만들어 민박손님을 받았다. 이층 창을 열면 마치 바다에 떠 있다는 착각이 들 만큼 바다가 지척이었다. 실제 배를 탄 것처럼 배멀미가 나기도 했다. 민박 예약이 삼사월이면 모두 끝날 만큼 인기가 많은데 겨울은 말 그대로 비수기였다.

그날 밤 도화는 또 꿈을 꾸었다. 바다가 어수선한 날은 잠을 설치곤 했다. 겨울이면 바람소리가 요란해서 시스템 창호로 창문을 다 바꿨는데도 잠을 설치는 건 여전했다. 도화는 꿈에 남편을 만나기도 한다. 얼굴조차 가뭇한 기석이 잠수복을 입은 모습으로 도화를 향해 손 흔들다 그녀가 가까이 다가가면 바다 속으로 사라져버리는 꿈이었다. 아주 잠시 흔들리다 흐릿해지고 마는 기억처럼 남편과 인연은 짧았다. 삼십 년 지난 세월은 전설 같아서 그녀에겐 마치 타인의 일처럼 느껴지기도 했다.

2

꿈에라도

그녀 아버지는 평생 어부였다. 도화가 어느 정도 주변을 살필 정도의 나이가 되었을 때쯤 그녀는 아버지가 어떤 연유로 이렇듯 외딴 섬에 유배되어 성장해왔는지가 궁금해지곤 했다. 그때가 아마도 여덟 살쯤은 되었을 때다. 그때도 아버지는 한결같이 가난했다. 시루섬에서도 서쪽 끄트머리 검생이마을 처마가 땅에 닿을 것 같은 초가에서 할머니를 포함해 큰아들 도일과 그 아래 도화 이렇게 다섯 식구가 살았다. 아버진 술에 취하면 모든 걸 체념한 눈빛으로 입버릇처럼 말했다.

"이 애비 평생에 소원이 뭣인 줄 아냐? 여글 뜨는 것이랑게."

아버지가 말한 '여그'가 시루섬인지, 아니면 검생이 바닷가 외딴 초가인지는 분명하지 않았다. 하지만 아버진 그리 대단하지도 않은 꿈을 끝내 이루지 못했다. 초가도 시루섬도 결국엔 뜨지 못했으니 말이다. 가진 것이 변변찮던 아버지는 당신만큼이나 가난한 집 처녀와 결혼해서 아들딸 둘 낳고 눈만 뜨면 바다에 나가 그물을 던져야 했다. 아버지는 어부가 천직은 아니었다. 학교를 변변히 다니지 못했다는데도 글을 알았고 한자도 곧잘 썼다. 외딴섬에 살면서도 섬 바깥의 정치나 경제에 관심이 많아 어디선가 날짜가 한참 지난 신문을 얻어와 읽기도 했다. 도일과 도화가 국민학교에 들어가기도 전에 구구단을 미리 외우게 했고 또래들보다 앞서 곱셈과 나눗셈도 가르쳤다. 도화가 유독 분수를 어려워하자 아버지는 풋감을 주워 와서 칼로 쪼개가며 이해시켜주기도 했다. 이른 아침 해변을 뒤덮은 안개를 보거나 해질녘 노을을 보며 그것들의 원리를 설명해 주는 자상함과 세심함이 섬에 살던 여느 아버지들과는 달랐다. 고기잡이가 날씨에 민감해서였지만 굳이 날씨 때문만은 아니더라도 아버지는 라디오를 늘 곁에 끼고 살았다. 라디오보다 몸체가 더 큰 건전지를 검정고무줄로 친친 묶어서 들고 다녔다. 흔히 뱃사람이라 하면 얼굴이 검게 그을리고 팔뚝에 불거진 힘줄에 우락부락한 덩치를 연상할 테지만 그녀 아버지는 그런 모습과는 거리가 멀었다. 키가 작은데다 몸집도 왜소했다. 겁이 많았던 것도 같다.

도화가 국민학교 4학년 때 할머니가 갑자기 돌아가셨다. 옆집에서 가져온 인절미를 드시고 잠자리에 들었는데 자정께 그대로 자는 듯 숨을 거뒀다. 할머니의 갑작스러운 죽음이 아버지에게 크나큰 충격이었다. 그녀 어머니와 동네사람들이 아직 온기가 남은 할머니를 주무르고 바늘로 손발을 따느라 분주했다. 그런 와중에 그녀 아버지가 새파랗게 질려서 토방마루에 석상처럼 굳어 있다가 '쿵' 하고 바닥에 쓰러지고 말았다. 아이고, 도일 아부지부터 살려요! 하는 어머니의 통곡에 동네사람들은 할머니를 포기하고 아버지에게 붙어서 빳빳하게 굳은 열 개 손가락과 발가락을 따고 주물렀다.

그녀 어머니는 섬에 사는 아낙들이 다 그렇듯, 바람 심한 날을 빼면 거의 매일같이 바다에 나갔다. 아낙들은 물 빠진 갯벌에서 쏙이랑 꼬막, 대롱이나 맛조개를 캐고 바위에 붙은 굴을 까거나 김, 파래, 톳을 걷어왔다. 그녀 어머닌 시루섬에서 낙지 잡는 '선수'로도 소문났다. 낙지는 아무나 잡는 게 아니었다. 낙지가 숨은 구멍을 잘 찾아야 하거니와 그 작은 몸통 절반이 갯벌에 파묻혀선 말 그대로 사투 끝에 손에 쥐는 물건이었다. 어머니의 옷은 항상 뻘물에 젖어 있었고 아무리 빨아도 진회색 뻘물은 지워지지 않았다. 돌담으로 빙 둘러쳐진 그녀 집 마당 한가운데 간짓대로 받쳐놓은 빨랫줄 한쪽 끝에는 어머니의 젖은 옷들이 이상 없음 신호처럼 유유히 펄럭였다. 어머니는 도화가 국민학교에 들어가고부터 그녀를 갯벌에 데려나가 굴 따는 법이랑 낙지 잡는 요령을 가르치기 시작했다.

'요놈을 잡을라믄 먼저 숨구녁을 찾아내야 한당게. 고것들이 뻘 속에서 숨 쉬느라고 뻘바닥에 요렇게 뽀얀 것이 솟아올라 있재 잉.'

부럿이라는 낙지숨구멍을 말하는 것이었다. 부럿 근처에 푸르스름한 빛깔의 펄이 둥글게 퍼져 있고 가운데 작은 구멍이 두세 개 더 있거나 고운 먼지 같은 것이 덮여 있다. 어머니가 침을 튀며 암만 가르쳐줘도 도화 눈에는 쏙구멍이나 낙지구멍이나 보이는 구멍은 죄다 같은 구멍으로만 보였다.

도화가 국민학교 5학년이던 가을이었다. 수업을 마치고 청소까지 다 끝내고 자습을 하는 시간이었다. 학교는 일본식 단층건물이었고 마을 언덕바지에 있어 창밖으로 바다가 훤히 내다보였다. 바닷물이 들고 빠지는 모양은 마술 같았다. 방금까지만 해도 바다였던 것이 잠시 눈을 돌리는 사이 드넓은 갯벌이 되어 있었다. 다시 눈을 들면 바다가 되었다가 갯벌이 되었다가……, 바다는 그렇게 모양을 바꿔가며 사람들을 꾀어갔다. 눈만 뜨면 바다에 나가 사는 부모님으로 인해 도화는 창밖으로 자주 눈이 갔다. 그때까지만 해도 바다는 부모님과 도화 자신을 품은 하늘이었다.

"도화야, 어머니가…… 너희 어머니가……."

그해 삼월, 대학을 졸업하고 시루섬에 첫 발령 온 여선생은 2학기가 되도록 앳된 티가 그대로였다. 곱슬곱슬한 단발파마는 억지로 나이 들어 보이려는 게 역력했고 키가 작아서 신은 굽 높은 신발도 항상 위태해보였다. 그날따라 교실은 고요했다. 중간고사가 코앞이라 아이들은 책상에 코를 박고 전과나 수련장 문제를 푸느라 열중이었다. 무거운 그림자처럼 교실문을 열고 들어선 그녀가 도화를 향해 다가와선 너희 어머니가, 너희 어머니가, 만을 반복하며 차마 그 뒷말을 잇지 못했다. 그날 오전 음악시간에 연가를 가르쳐주고 함께 목청껏 불러대며 해맑게 웃던 얼굴이 아니었다. 가뜩이나 작은 그녀 몸이 눈에 보일 만큼이나 몹시 떨렸고 마침내는 어깨를 축 늘어뜨린 채 울먹이며 소리쳤다.

"도화야, 얼른 집에 가봐라. 어서!"

도화는 영문을 몰라 말똥한 눈으로 자꾸만 다그치는 선생님을 쳐다봤다. 그녀는 이를 꽉 악물고 말없이 책보따리를 도화 허리에 질끈 매주며 교실 밖으로 등을 떠밀었다. 도화는 아주 천천히 교문을 걸어 나갔다. 가을볕이 따가웠지만 맑은 바람이 불어주고 적당히 선선했다. 햇살도 바람도 조심조심 그녀를 비껴가는 듯했다. '비바람이 치던 바다 잔잔해져오면, 오늘 그대 오시려나 저 바다 건너서……' 도화는 저도 모르게 노랫말을 흥얼거리고 있었다. 음악시간에 분단끼리 악을 써가며 돌림노래로 부를 땐 신나는 노래였는데 혼자 부르려니 무지 슬펐다. 슬퍼서 자꾸자꾸 목이 메고 눈물이 났다. 한참을 걸어가다 바닷물이 마을로 들어오지 못하게 막아놓은 갯둑에 닿았을 때 갑자기 턱, 숨이 막혀왔다. 잿빛 바닷물이 갯둑을 금방이라도 넘어올 기세로 무섭게 일렁이고 있었다. 바닷물이 그토록 무서웠던 적은 없었다. 무슨 큰일이라도 벌어진 것처럼 갯둑 위에 마을사람들이 짚단처럼 늘어서서 바다를 바라보고 있었다. 짚단 몇은 바닥에 널브러져 있었다. 그날도 어김없이 바다에 나간 그녀 어머니가 물이 드는 줄도 모르고 낙지를 잡다가 갯골부터 차오른 바닷물에 쓸려가버리고 말았다. 갯골에 물이 드는 건 순식간이어서 자칫 갯벌에서 빠져나올 때를 놓쳤다가 변을 당하는 일이 있었다. 하루아침에 어머니가 흔적도 없이 사라져버렸다. 그날 이후 그녀 집 마당 간짓대 끝에서 펄럭이던 이상 없음! 깃발은 더 이상 보이지 않았다. 그렇게 그녀는 어머니를 바다에 놓치고 말았다. 갯둑에 서서 바다에 뛰어들 듯 몸부림치는 아버지와 그 옆 땅바닥을 구르며 울어대는 도일 오빠, 그리고 발 동동거리며 바다를 향해 손짓하던 마을사람들이 그 후로 자주 그녀 꿈에서 보였다.

밤새 몰아치던 바람이 아침이 되자 잠잠해졌다. 눈발도 그쳤고 바다는 언제 그랬냐는 듯 새색시처럼 온순해졌다. 햇살이 수면에 닿으면 바다는 화답이라도 하듯 일제히 들썩이며 공중을 향해 눈부신 빛살을 쏘아대고 있었다. 살을 에이 듯 바람은 찼으나 카페 안에서 바라보는 바깥은 더없이 밝고 투명했다. 카페 문을 열면 가장 먼저 난롯불부터 지핀다. 화목난로가 운치 있고 연료비 부담이 적은데 매일 재를 비워야 하는 건 귀찮고 번거로웠다.

"어! 벌써 난롯불 피우셨군요."

난로에 불을 붙이고 환기를 시키려던 차에 쾌영이 출입문을 열고 들어왔다.

"잘 주무셨어요? 방이 춥진 않았나요?"

"방은 따뜻했고요, 바람소리 적당히 들려와서 섬에 왔다는 기분도 들었어요."

쾌영은 오른손 엄지를 펴서 도화를 향해 보여줬다. 하룻밤 새 피곤이 가셨는지 얼굴에 화색이 돌았다.

"다행이에요. 아침 드세요."

민박손님에게 아침으로 통밀빵과 달걀프라이, 사과 반쪽 그리고 커피나 우유를 내고 있다. 빵을 안 내켜하는 이들에겐 누룽지를 끓여내기도 한다. 쾌영은 빵과 커피가 담긴 나무쟁반을 들고 햇살 잘 드는 창가 테이블에 앉았다. 바다가 훤히 보여서 손님들이 가장 좋아하는 자리였다. 카페엔 모두 다섯 개 테이블이 있는데 채목이 은파라는 이름을 붙인 자리였다. 달빛 환한 밤에 창밖으로 보이는 바다에 은파가 부서지는 것을 보며 채목이 중얼거렸다. 이 자리는 은파가 젤 이뻐요!

"사장님도 이리 오세요."

쾌영이 불러서 도화도 커피를 들고 와 마주 앉았다. 쾌영은 주머니에서 시루섬 관광안내지도를 꺼내더니 테이블에 펼쳤다. 그는 가장 먼저 해저유물이 발견된 장소에 직접 가보고 싶다고 했다. 지도에 표기된 해저유물발굴기념비를 손가락으로 짚으며 물었다.

"여기가 어디쯤이죠?"

도화는 손가락으로 바다 쪽을 가리켰다. 그녀 검지 끝은 카페 통유리를 뚫고 우뚝 솟은 세 개 바위섬에 가서 꽂혔다.

"저기 솟은 바위섬 보이죠?

"네."

"저 섬과 마주한 육지 끝에 전망대가 있어요. 전망대에 가면 해저유물 발견한 곳을 표기한 지도가 있고요. 거기서 찾아보세요."

"여기서 정말 가깝군요."

"저 길 따라 일 킬로미터 정도 직진하면 바로 전망대 주차장이에요."

그렇게 말해놓고는 갓 내린 커피 한 모금을 머금었다. 연갈색 크레마가 입 안 가득 들어와 진한 커피향과 함께 그녀의 신경세포를 일제히 깨웠다. 동시에 기분 좋은 나른함이 몽글몽글 피어나는 느낌이었다. 매번 같은 원두로 에스프레소를 추출하는데도 커피 맛은 그때그때 달랐다. 커피 맛을 좌우하는 건 그것을 마시는 순간순간의 가슴이라고 도화는 생각했다. 타닥타닥 장작 타는 소리가 따뜻하게 들려왔다. 밤새 눈바람 지나간 하늘이며 바다가 눈과 가슴을 시리게 했다. 이루마의 피아

노연주 키스 더 레인이 흘러나왔다. 귀가 닳도록 들어서 아무 감흥이 없던 선율이 이른 봄 언 땅을 뚫고 삐죽 얼굴을 내미는 새싹처럼 신선했다. 도화가 커피 맛이 어떤가요? 물으려던 차에 쾌영이 먼저 말을 꺼냈다.

"참, 맨 첨 해저유물을 발견한 그 어부는 살아 계신가요?"

"아뇨, 돌아가셨어요."

"아, 그렇군요. 혹시 마을사람들한테 그때 일을 물어보면 자세히 들을 수 있을까요?"

"그때 일이라뇨?"

"해저유물에 관해서요."

"저기요, 그 얘긴 꺼내지 않는 게 좋을 거예요."

그녀 목소리가 순간 싸늘했다. 목소리뿐만 아니라 표정 또한 차가웠다. 쾌영은 슬쩍 도화 눈치를 살피다가 남은 커피를 들고 이층으로 올라갔다. 도화는 수놓던 바구니를 집어다 무릎에 얹어놓고는 계속 만지작거렸다. 붉은 비단에 금색 실로 수를 놓는 중이었다. 시루섬 여인네들은 언제부턴가 부적처럼 온순할 순順 자를 횃대나 베갯잇에 새겨왔다. 파도가 거친 바다를 온순하게 해달라는 뜻에서 그랬을 거라는 생각도 들었다. 도화가 어릴 적 보았던 대보름날 풍어제에서도 순順 자가 선명한 붉은 깃발이 나부꼈었다. 긴긴 겨울이 무료한데다 채목이 시집갈 때 베개를 만들어 줄 요량으로 수놓기를 시작했는데 나날이 눈도 침침해지고 손이 느려서 도무지 진척이 없었다. 요즘 들어 차분히 수를 놓을 수 없게 그녀 주변이 소란한 것도 한몫을 한다. 엊그제 낮엔 채목이 느닷없이 전화로 지난 일을 들춰 속을 뒤집더니 민박손님까지 다시 또 그녀 속을 휘젓고 만다. 둘이서 약속이라도 한 것처럼 말이다. 게다가 며칠 뒤에 아버지 기일이라는 사실이 가뜩이나 우울한 그녀 가슴에 돌 하나를 얹었다.

'나 죽으면 그때는 느그 어매랑 한날에 지사 지내거라. 내가 뻘바닥을 싹싹 뒤져서라도 느그 어매 찾아서 데리고 갈란다.'

아버지는 눈을 감는 마지막 순간까지 당신 마음에서 아내를 떠나보내지 못했다. 어머니를 바다에 쓸려 보낸 후 내내 가묘를 써놨다가 아버지가 돌아가시자 마침내 두 분을 합장했다. 도화는 아버지 유언을 따라 한날한시에 두 분 제사를 지내고 있다. 저물녘 바닷물이 찰방찰방한 갯둑에 소주병을 들고 나앉아 바다를 바라보던 아버지가 오늘따라 사무치게 그리웠다.

3

그녀, 그리고 딸

주차장에 세워 둔 쾌영의 차가 보이지 않았다. 아침에 도화가 알려준 전망대에 갔거나 섬 주변을 돌고 있을 것이다. 손바닥만 한 섬에서 갈 데라곤 몇 군데 안 되었다. 마침 썰물 때라 어젯밤에 물어보던 꽃섬에 갔을 지도 모른다.

'엄마거기도눈많이왔어?오늘집에갈건데괜찮을까?'

채목이 보낸 문자를 점심 무렵에 확인했다. 문자를 보낸 시각은 오전 아홉 시께였다. 카페 청소하고 재료 준비하느라 시간 가는 줄 몰랐다. 두 시간 거리니까 문자 보내고 바로 출발했다면 닿고도 남을 시간이었다. 도화는 카페 밖으로 나와 도로를 살폈다. 지난 밤 내린 눈은 햇볕에 다 녹아서 차들이 도로를 쌩쌩 다녔다. 아직은 손님이 뜸한 시간이라 채목이 묵을 방을 살피러 이층에 올라갔다. 민박손님이 없는 날 채목이 내려오면 이층 방을 썼다. 채목이 자주 쓰던 안쪽 방에 지금 쾌영이 들어서 채목은 바다 쪽으로 난 방을 써야 했다. 오늘은 바람이 잠잠해서 바닷가 쪽도 괜찮다. 그 방도 말끔했다. 뽀얗게 세탁해놓은 침대시트를 씌우고 그 위에 패드와 이불을 깔았다. 채목이 좋아하는 재스민 향을 이불과 깔개에 살짝살짝 뿌리고 창을 활짝 열어 맑은 바람을 들였다. 딸이 오는 날이면 도화는 가슴이 뛰었다. '엄만 내가 오면 아직도 설렘?' 채목이 신기한 듯 묻곤 했다. '아니, 별로'라고 시큰둥한 척 대답해도 도화의 눈빛은 사랑에 빠진 소녀의 그것처럼 반짝이고 가슴에 설렘이 그득했다.

점심때가 지나고부터 카페에 손님이 들었다. 젊은 커플 한 팀과 중년의 여자 넷이 창가 은파 자리를 차지하고 앉아 카페 안이 제법 시끌벅적했다. 두 시간째 수다를 떨던 여자들이 커피 리필을 해줄 수 있는지 물었다. 도화는 고개를 끄덕이며 그라인더 스위치를 눌렀다. 그때 카페 출입문이 활짝 열리고 채목이 씩씩하게도 들어왔다.

"엄마, 나!"

"어, 왔니?"

"올라갈게."

"얘, 잠깐만! 이층에 손님이……."

벌써 출입문이 닫혔다. 도화는 아메리카노 두 잔을 재빨리 리필해주고 곧장 이층으로 향했다. 주차장에 아까는 안 보이던 쾌영의 차가 보였다. 아뿔싸! 그새 이층 방문 앞에선 둘이 맞붙어 있었다. 놀란 채목은 얼굴이 벌겋게 달아 있고 쾌영은 방문손잡이를 꽉 붙잡고 상황파악을 하느라 어리둥절한 표정이었다.

"빈 방인 줄 알았다고!"

급히 계단을 뛰어올라오는 도화를 향해 채목이 눈화살을 쏘았다.

"미안해요. 제 딸이에요. 얘가 집에 오면 만날 그 방에 묵어서 모르고 문을 연 모양이에요. 너도 참, 기다리라는데 안 듣고……."

채목은 코가 쑥 빠져 쾌영을 향해 꾸벅하고 안쪽 방으로 들어갔다.

"만나서 반가워요!"

쾌영이 채목의 뒤통수를 향해 소리치며 웃었다.

채목은 저녁상이 다 차려질 때까지 내려오지 않았다. 찻집에 아직 손님 한 팀이 남아 있었다. 오후 내내 앉아 있던 커플인데 무척 심각해 보였다. 둘은 벌써 몇 시간째 별 말 없이 앉아만 있었다. 도화는 저녁을 지었다. 미역국을 끓이고 채목이 좋아하는 조기도 구웠다. 상이 다 차려지자 쾌영이 먼저 내려왔다. 붉은빛 도는 터틀넥에 두툼한 후드재킷을 입고 있어 식사 후 나들이라도 할 차림이었다. 남자인데도 피부가 희어 뭘 입어도 잘 어울렸다. 채목이 내려오지 않자 도화가 이층으로 올라갔다. 채목은 문도 잠그지 않고 이불을 둘둘 감은 채로 침대 모서리께 웅크리고 잠들었다. 곤히 잠든 딸의 모습을 볼 때면 도화는 늘 안쓰러운 마음이 밀려들었다. 채목은 고집이 세고 좀체 남에게 지기 싫어하는 성격이었다. 아버지 없이 자라면서 결손가정이라는 주변시선이 싫어 매사에 지나치게 억척이었다. 초중고 다니면서 상이라는 상은 죄다 휩쓸더니 대학 4년을 장학금 받으며 졸업했다. 그뿐 아니라 그 어렵다는 취직도 일사천리로 해냈다. 그러는 동안 저 작은 몸뚱어리가 오죽이나 고단했을까.

"그만 일어나라. 저녁 먹자."

"으응, 오 분만……."

채목은 깨울 때마다 오 분만, 오 분만…… 하고 잠꼬대처럼 내놓았다.

"저녁 먹자니까. 손님 기다리셔."

"먼저 먹으라고 해."

"같이 먹자. 안 그럼 두 번 차려야잖아. 엄마 피곤해."

그제야 채목이 몸을 일으켰다. 마지못해 일어나긴 했어도 눈꺼풀이 들러붙어 차마 떨어지지 않았다. 숱 많고 가는 파마머리가 억새꽃처럼 부풀어 얼굴을 덮었다. 입고 온 그대로 잠이 들었던 모양이다. 보푸라기 덕지덕지 뭉친 스웨터가 엉덩이를 덮고 기모레깅스는 한쪽 다리에 걸쳐져 있다. 도화는 저도 모르게 한숨부터 나왔다.

"머리 좀 빗어 묶어. 옷도 갈아입고 내려와라."

도화가 이층에서 내려오는데 때마침 마지막 남았던 커플이 찻집을 나선다. 둘은 말없이 적당한 거리를 두고 일층 계단을 내려가더니 남자는 주차장 쪽으로 걸어가고 여자는 반대편 어둠으로 사라져버렸다. 쾌영이 방금 나간 손님 찻잔을 치우고 있었다.

"제가 치울게요. 그냥 두세요."

"아니요. 저 이런 거 잘합니다. 선배 커피숍에서 알바도 했거든요."

뭘 해도 시원시원 잘할 것 같은 믿음이 그의 말투에 배어 있다. 쾌영에게 먼저 저녁을 먹으라고 했지만 괜찮다고 손을 저었다. 채목이 내려온 건 그러고도 십여 분 지난 뒤였다. 채목은 도화가 방을 나가자 다시 그대로 누웠다가 내려온 게 분명했다. 그나마 부푼 머리칼을 손가락으로 빗어 고무줄로 헐렁하게 묶었다. 늘어진 스웨터는 그대로고 기모레깅스 대신 헐렁한 수면바지로 갈아입었다. 채목은 곧장 주방으로 가더니 냉장고에서 맥주 캔 두 개를 꺼내들고 식탁에 와 앉았다.

"맥주 드실래요?"

"좋죠."

둘이서 맥주 캔을 따서 부딪쳤다.

"엄마도 마셔?"

"아니, 밥부터 먹어라."

도화는 미역국을 채목 앞에 놓았다. 채목은 밥그릇은 밀쳐두고 미역국만 꿰차고 앉아 건더기를 안주 삼아 건져 먹었다.

"저기, 아깐 죄송했어요."

"하하, 괜찮아요."

"채목씨, 신문사에 근무하죠?"

"어떻게 아세요?"

"여기 오려고 사전조사를 좀 했죠."

"아항! 저희 블로그 보셨구나!"

"빙고!"

둘은 블로그에 올린 글이나 사진을 화제 삼아 얘기를 나눴다. 처음이 카페를 열었을 때 채목이 홍보한답시고 만든 블로그가 한때 파워블로그 대열에 낄 만큼이나 인기가 대단했다. 그러다가 채목이 신문사에 취직하고부터는 운영이 안 되었고 몇 년째 방치된 상태였다. 그런데도 둘은 할 말이 많았다. 둘 다 어지간히 수다스러웠다. 술이 들어갈수록 채목은 목소리가 커지고 말도 많아졌다. 채목이 말수가 많은 건 도화를 닮지 않았다. 가끔 도화는 채목에게서 기석을 떠올려보려고 해봤다. 눈코입귀 생김새와 손가락발가락 말투와 눈빛까지 더듬으며 기석을 그리워했다. 너무나 갑작스레 그녀 곁을 떠난 기석은 변변한 사진 한 장 남기지 않았다. 기석의 형제들은 서울로 부산으로 뿔뿔이 흩어져 막상 부음을 전할 데도 마땅치 않았다. 채목이 아장아장 걸음을 옮길 즈음에 기석의 누나라는 여자가 물어물어 도화가 꾸려가던 분식점에 찾아왔었다. 목포 유달산 밑 시장통에서 낮에는 분식점이었다가 밤에는 술도 팔며 근근이 입에 풀칠하며 살던 때였다. 기석을 하나도 닮지 않은 누나라는 여자는 이제 갓 마흔 넘었다는데 도화 눈엔 쉰은 더 돼 보였다. 여자는 물 묻은 도화 손을 잡더니 하염없이 눈물만 흘렸다. 잠든 채목을 끌어안고 동생 이름을 부르며 섧게 울었다. 한참 만에 눈물을 멈춘 여자는 다시 도화 손을 잡더니 채목이 옷이라도 사서 입히라며 봉투 하나를 쥐어주고 분식점을 나갔다. 봉투 속에는 꼬깃꼬깃한 지폐 몇 장이 들어 있었다. 그 후로 여자는 다시 그들 모녀를 찾아오지 않았다.

"그때, 울 엄마 나이가 겨우 열여덟이었네?"

"그때라니?"

"엄마랑 아빠가 첨 만났을 때 말이야. 오면서 내내 그거 계산해봤거든. 27년 전이니까,"

식사를 마친 쾌영이 뭔가를 가지러 이층으로 가고 식탁에는 도화와 채목 둘뿐이었다.

"그 얘긴 하지 말랬지. 싫다고."

"아이, 서 여사님이 왜 이러실까? 울 엄마가 그 시절 산중인인데 울 엄마 아님 내가 누구한테 그 일을 물어봐?"

채목은 발그레한 얼굴로 도화 품으로 파고들었다. 이럴 땐 딸이 스물 일곱이라는 게 믿어지지 않을 만큼 작고 여리기만 했다. 그때 쾌영이 노트북을 들고 내려와 창가쪽 테이블로 향했다.

"이층은 인터넷이 끊기네요. 일층은 어떤가 해서 들고 내려왔어요."

"일층이 잘 터져요. 손님들도 여기 내려와서 노트북을 써요."

채목이 냉장고 문을 열어 맥주 캔을 새로 꺼냈다.

"맥주 더 드려요?"

창가에 앉아 노트북을 보던 쾌영이 마시던 캔을 흔들어 보였다. 채목이 들고 있던 맥주 캔을 도화 앞에 놓았다.

"첨엔 유물인 줄도 몰랐다며? 바다에서 그릇 같은 게 나오니까 진짜 신기했겠다."

"신기하긴, 재수 없다고 던져버렸어."

"재수 없어? 왜?"

"옛날엔 바다에다 고름장을 지냈거든."

"고름장? 그게 뭔데?

"여기선 고려장을 고름장이라고 한대."

"아, 고려장! 근데 고려장을 왜 바다에 지내?"

"정확히는 몰라. 나도 들은 얘기니까."

"아, 그래서들 그물에 걸린 그릇을 재수 없다고 했겠구나. 고려장 지낼 때 함께 던진 것들이라면 께름칙했겠다."

"그뿐이겠어. 전쟁통에 피란민이 쪽배를 타고 여기까지 내려왔댄다. 옹진에선가?"

"전쟁이면 육이오 때네?"

"응, 그때 섬에 들어오려는 피란민을 막으려고 마을사람들이 돌을 던졌대."

"왜?"

"낯선 사람들을 섬에 들였다가 마을에 화가 미칠까 그런 거지."

"아무리 그래도 그렇지……."

"결국 배가 침몰했어."

"다 죽었겠네?"

"응."

"아, 이제 알겠다. 이래저래 재수 없는 그릇이라 했던 이유를."

채목은 고개를 끄덕이다 갑자기 눈빛을 빛낸다.

"참, 외할아버지 말인데 도자기 신고해서 보상금 얼마나 받았어?"

도화는 보상금이라는 말에 피식 웃음을 내뱄다.

"누가 그래?"

"기사 검색하니까 보상금 얘기도 나오던데?"

"받았지. 백만 원인가?"

"백만 원이면 많은 거야?"

"그땐 큰돈이었지. 그럼 뭐해? 세금으로 도로 거둬갔는걸."

도화는 앞에 놓인 맥주를 한 모금 들이켰다. 둘의 대화가 이어지는 동안 쾌영은 창가에서 노트북에 고개를 박고 꿈쩍을 안 했다.

"초창기에는 도굴꾼도 많았다던데."

"당연하지. 도자기 하나가 부르는 게 값이었으니."

"동네가 아주 시끄러웠겠다."

"시끄럽다 못해 살벌했어. 도굴꾼을 신고하면 포상금을 준다니까 너도나도 눈이 벌갰지. 근거도 없는 말들이 떠돌고 서로를 의심하고 그 바람에 사람이 죽기도 했어."

"쯔쯧……."

채목이 저도 모르게 혀를 찼다.

"내가 열 살 때부턴가, 학교 마치고 오면서 보면 마을 앞 바다 한가운데 커다란 군함이 항상 떠 있었어. 해군이랑 경찰이 이 작은 섬에 쫙 깔렸거든. 잠수부에 기자들까지. 그렇게 십 년간 인양작업을 해대느라 마을이 어수선했어. 조업 중단으로 맘대로 어장에 나갈 수도 없게 되고."

"그럼, 여기 사람들은 어떻게 살라고?"

"보조금이랍시고 몇 푼씩 주긴 해도 그 걸론 살 수 없으니까 아예 섬을 떠나거나 조업 중단조치가 풀릴 때까지 도시로 나가 일거리를 찾아 떠돌았지. 집에 남아도는 방을 외지인들한테 내주고 밥도 팔기도 하고……."

"아하! 그때 엄마랑 아빠가 만난 거구나! 아빠가 잠수부였잖아."

순간 도화 얼굴이 굳어졌다. 채목도 순간 아차, 하는 표정을 지었다.

"피곤할 텐데 그만 올라가 쉬어라. 참, 내일 어디 간댔지?"

"어, 목포 갈라고. 박물관에 약속 잡혀 있어."

"그럼, 일찍 자."

도화는 쾌영을 향해서도 인사를 하고 방으로 들어갔다. 혼자 식탁에 남은 채목은 맥주를 홀짝였다. 대화가 끊기자 창밖 파도소리가 자르르 자르르 굴러들었다. 바다는 입이 없어 파도를 보내 제 속내를 전하는 거라고 언젠가 도화가 채목에게 말했었다. 그 말을 들은 뒤로 채목은 파도소리에 귀 기울여 바다의 속내를 들으려고 해봤다. 바다의 속내가 결국은 자신의 마음이라는 걸 채목은 어른이 되어서야 알았다. 아빠라는 존재는 채목에게 영원히 채울 수 없는 갈증 같았다. 울 아빠 어떤 사람이었어? 채목이 물으면 도화의 대답은 한결같았다. 너 태어나기 전에 돌아가셨다.

창밖 검은 바다가 달빛을 받아 반짝거렸다. 보름 가까운 달이 휘영청 떴고 달 주변은 구름 한 점 없이 밝았다. 창밖이 저리 한없이 맑게만 보여도 실상은 살을 에는 추위가 포진해 있었다. 쾌영도 창밖을 보고 있었다. 시침이 아홉시를 넘어서고 있었다. 서울 한복판이라면 거리에 활기가 넘치고 사람들 눈빛이 절정을 향해 번득일 시간이었다. 물끄러미 창밖을 바라보는 채목에게 눈이 갔다.

"산책할 건데 같이 나갈래요?"

"아, 진짜요? 답답해서 나가고 싶었는데 혼잔 무서웠거든요."

"어머니께 말씀드리고 나가요."

"잠깐 나갔다 올 건데요. 괜찮을 거예요."

"그럼, 따뜻하게 챙겨 입고 나와요."

채목은 재빨리 이층으로 올라가 종아리까지 오는 어그부츠와 오리털점퍼, 털모자로 완전무장하고 밖으로 나갔다. 생각보다 공기가 차가웠다. 몇 발짝 움직이자 둔기에 맞은 것처럼 머리가 찡하고 얼얼했다. 다행히 달빛만으로 주변은 환했다.

"아, 엄청 춥네요."

"섬에서 이정도 추운 건 아무것도 아녀요. 전 여기 추위에 내성이 생겨서 끄떡없어요."

술기운인지 채목의 목소리가 달떠있다. 쾌영이 바람이 불어오는 바다 쪽에 서서 걷기 시작했다. 그 옆에 바싹 채목이 붙어서 걸었다. 마을과 외떨어진 찻집은 섬 안의 또 하나 섬이었다.

"지금 바닷물이 드는 건가? 빠지는 건가?"

쾌영이 갯벌이 훤히 드러난 바다를 유심히 들여다보며 물었다.

"글쎄요. 하지만 잘 지켜보면 금방 알 수 있어요. 물이 워낙 빨리 들고 나서."

"아버지가 일찍 돌아가셨다고요?"

"제가 태어나기 전에요."

"아, 그렇군요."

"저희 아빠 잠수부였대요. 해저유물을 인양하러 왔다가 엄말 만나셨나 봐요. 그러다 사고로 돌아가셨고요."

"네에……."

"그 후로 엄마랑 전 쭉 목포서 살았어요. 엄만 외할아버지 돌아가시고 섬에 들어왔죠. 한 칠 년쯤 돼가요."

"외할아버지라면……, 유물을 처음 발견하셨다는 분?"

"어떻게 아세요?"

“미안해요. 두 분 대활 엿들었어요.”

“저도 그 사실을 며칠 전에 알았어요. 그 전엔 시루섬 침몰선 따위에 관심 없었거든요.”

“세상이 떠들썩했던 일이었는데도요?”

“저 태어나기 전에 일어난 일인 걸요. 게다가 엄마한텐 해저유물이 금기어였어요.”

“그랬군요.”

“엄마뿐만 아니라 마을 사람들 모두 그 일을 싫어하는 거 같더라고요.”

“왜죠?”

“글쎄요. 저마다 좋지 않은 기억으로만 남았나 봐요.”

“침몰선 흔적이 섬에 조금이라도 남아 있지 않을까요? 이백 톤급 범선이라던데. 실린 물품도 수만 점이 넘고.”

“그렇긴 해도 여태 그런 게 남아있을 리가?”

채목이 장난스럽게 눈을 치켜뜨고 쾌영 쪽을 본다. 쾌영의 표정은 사뭇 진지했다.

“도자기를 개밥그릇으로도 썼다는 말도 있고 대숲 이런 데다 잔뜩 숨겨뒀다는 말도 있던데.”

“저기요, 혹시 비밀경찰이세요?”

“그렇게 보여요?”

“유물에 엄청 관심이 많은 것 같아서요. 제가 모르는 걸 많이도 알고 계시고…….”

"실은, 유물보다는 사람에게 더 관심이 많아요."

둘은 어느 새 방파제 끝까지 걸어왔다. 방파제 아래로 큰 바위가 달빛에 속살을 드러내고 누워 있었다.

"빠지는 물이었어요. 그새 갯벌이 다 드러났잖아요."

"달빛을 받으니 갯벌이 달 표면처럼 보여요."

"아, 저도 늘 그렇게 생각하는데……. 저 수많은 분화구 속에는 수많은 바다생물들이 숨 쉬고 있겠죠."

둘은 얼어붙은 듯 한참동안 달빛 아래 서 있었다. 한동안 침묵이 흘렀다. 기분 좋고 편안한 침묵이었다. 채목은 쾌영이 몇 시간 전에 알게 된 사람이라는 게 믿어지지 않을 만큼 친근하게 느꼈다. 섬이라는 지역적 특수성이 사람마다 품은 고독과 불안을 매개로 빠르게 서로에게 파고들게 하는지도.

"저기 갯벌 속에 아직 캐내지 못한 뭔가 묻혀 있을 것 같지 않나요?"

"또, 또, 유물 타령이시네!"

채목의 핀잔에 쾌영이 멋쩍게 웃었다.

"참, 내일 목포 간댔죠?"

"네, 해양박물관에 볼 일이 있어요."

"같이 가도 될까요? 제가 운전할게요."

"그러면 저야 좋죠."

둘은 걸어온 길을 되돌아왔다.

4

보물선을 만나다

다음날도 아침 쾌영은 일찍 눈을 떴다. 여행지에선 잠을 설치곤 하는데 한번도 깨지 않고 단잠을 잤다. 외출채비를 하고 카페로 내려오던 쾌영은 테라스 한쪽에 쌓아둔 장작을 한 아름 안고 들어오는 도화를 만났다.

"굿모닝! 오늘은 제가 난롯불 피워도 될까요?"

"그럼요. 재부터 비워야 해요."

"넵. 맡겨주세요!"

쾌영이 씩씩하게 대답하고 소매를 걷어붙였다. 도화는 안고 온 장작을 난로 옆에 내려놓고 주방으로 향했다. 쾌영이 화목난로 입구를 열어 재를 긁어냈다. 재는 맨 아래 서랍으로 떨어져 쌓이게 되어 있다. 서랍을 잡아당겨 그 안에 가득한 재를 양철통에 비웠다. 아주 조심스레 비웠는데도 재가 풀풀 날렸다. 재를 다 비운 뒤 난로 안에다 불쏘시개를 차곡차곡 쌓고 그 위에 잘 마른 참나무 장작을 엇갈리게 쌓았다. 제법 능숙한 솜씨였다. 가스토치로 불쏘시개에 불을 댕기자 활활 불이 타올랐다. 동시에 연기도 피어오른다. 쾌영은 난로 입구를 얼른 닫았다. 타닥타닥 불붙는 소리가 들려왔다.

"제법 잘 하시네요!"

도화의 칭찬에 쾌영이 양손 엄지를 세우고 으쓱해한다.

"커피향이 참 좋군요. 로스팅도 직접 하세요?"

"한가할 때 가끔씩요. 오늘 아침으로 커피랑 빵 괜찮죠?"

"물론이죠."

달고 고소한 빵 굽는 내가 카페에 가득 찰 즈음 채목이 내려왔다. 채목은 베이지색 니트 폴라에 모직주름스커트와 차콜 모직재킷을 입었다. 다소 경직돼 보이고 한편으론 지나치게 단정해보였다.

"벌써 가려고?"

"응, 좀 일찍 나설라고. 예보에 눈이 또 올 거래."

"안 춥겠어? 좀 따뜻하게 입지."

"저도 같이 갑니다. 제가 채목씨 잘 모실게요."

쾌영이 함께 간다는 말에 도화는 밤새 끙끙대던 무거운 숙제 하나 해결한 듯 마음이 가벼워졌다. 채목이 운전이 서툰데다 눈까지 온다는 말에 걱정이 되던 터였다. 올해는 유독 눈이 잦고 걸핏하면 한파주의보가 발령되었다. 지난 여름엔 또 말도 못하게 더웠다. 더위와 추위가 경쟁하듯 기승을 부려 종국엔 봄가을은 사라지고 여름과 겨울만 남을 것 같았다.

커피와 구운 빵 한 조각을 재빨리 먹어치운 쾌영이 먼저 카페를 나섰다. 쾌영이 차에 올라 시동을 걸고 차안을 데우는 동안 채목은 갓 내린 커피를 텀블러에 옮겨 담아들고 차에 올랐다. 도화는 주차장이 보이는 건물 뒤편 데크까지 따라 나와 둘을 배웅했다.

"다녀올게!"

채목이 차창 밖으로 손을 흔들었다. 도화가 웃으면서 손을 흔들어줬다. 둘이 탄 차가 미끄러지듯 카페 모퉁이를 돌아 사라지자 텅 빈 자리에 바람이 허허로이 휘돌았다. 그들이 떠났다. 떠남과 남겨짐으로 인한 감정은 그녀에게 지독한 트라우마였다. 잊혔던 우울이 온몸을 휘감는 걸 느꼈다.

섬아이들은 중학교를 졸업하면 나비가 우화하듯 고치 같은 섬을 떠났다. 열여섯, 너무나 일찍 고향을 떠난 아이들은 목을 죄는 가난에 진저리치며 서울로 부산으로 뿔뿔이 흩어졌고 발 닿은 그곳에 뿌리내리려 사력을 다해야 했다. 누구는 봉제공장으로, 또 누구는 신발공장으로, 애보기로, 식당으로……, 도화는 병 중인 아버지를 돌보느라 섬을 떠나지 못했지만 동무들이 모두 떠나버린 시루섬은 하루아침에 삭막해져버렸다. 모든 웃을 일과 신나는 일들이 하루아침에 증발해버린 것처럼 섬의 하루하루가 바짝 마른 생선 같았다. 가뜩이나 말수가 적은 도화는 더욱더 말이 줄었다.

그러다가 추석이나 설날이 되면 섬을 떠났던 아이들이 돌아왔다. 어린 시절의 말랑말랑한 눈빛으로 돌아온 동무들은 지난 추억을 풀어놓고 밤이 새는 줄도 모르고 즐거웠다. 그들이 들려주는 도시 이야기는 도화에게 별세계였다. 동무들은 빠르게 어른이 되어가고 있었다. 처음엔 그들이 부럽다가 한편으론 설익은 밥처럼 느껴졌다. 다투어 도시 무용담을 늘어놓던 아이들은 시간이 지날수록 바람 빠진 풍선이 되어갔고 눈동자는 비어 퀭해졌다. 날이 새면 돌아가야 할 그곳을 떠올리며 훌쩍이는 아이도 있었다. 잠시 고향을 찾았던 아이들이 쫓기듯 섬을 빠져나가면 이별의 슬픔은 홀로 남겨진 도화만의 몫이었다. 도화는 뒷마당 우물가에 쪼그리고 앉아 두 눈이 벌게지도록 울었다. 텅 빈 마을, 텅 빈 하늘, 터엉 빈 마음…….

하늘빛이 아주 천천히 어두워지고 있었다. 저 멀리 수평선과 맞닿은 하늘의 경계가 사라졌고 날을 세운 바람이 사나운 벌레처럼 꿈틀거리기 시작했다. 다시 눈바람이 휘몰아칠 기세였다.

쾌영과 채목이 탄 차는 순식간에 마을을 벗어나 태평염전을 지나고 있었다. 앞시루섬과 뒷시루섬 두 개 섬을 둑으로 막아 만든 거대한 소금밭이었다. 반듯반듯 잘 닦인 염전은 높은 곳에서 내려다보면 신선들의 바둑판처럼도 보였다. 태평염전을 동서로 가로지르는 신작로에 소금창고가 줄지어 섰고 그 사이로 전신주가 늘어섰다. 한여름이면 폭설처럼 소금꽃이 피는 염전바닥에 소금 대신 하얗게 눈이 쌓여 있었다. 텅 빈 염전 증발지와 저수조 지붕에도 묵은눈이 소복했다. 수로주변으로 앙상하게 마른 퉁퉁마디가 듬성듬성 서 있는 게 보였다. 퉁퉁마디는 함초라는 이름으로도 불렸다. 오래도록 천대 받던 퉁퉁마디는 심혈관 질환과 당뇨예방, 항암작용 등 뛰어난 효능이 세상에 알려지면서 함부로 채취할 수 없게 감시가 심했다. 폐염된 땅에 자라던 퉁퉁마디를 아무렇게 짓밟고 다녔던 섬사람들은 하루아침에 신분이 뛰어오른 그것을 뜨악한 눈으로 바라보기도 했다.

시루섬과 육지를 연결한 다리 위를 막 지날 때였다. 바다 위로 선명하게 붉은 구조물이 걸쳐져 있다. 붉은 아치를 볼 때마다 사람들은 갯벌 위를 뛰어다니는 붉은발농게를 떠올렸다.

"좀 천천히 가주실래요? 여기 지날 때면 무지 흥분되거든요. 바다 위를 나르는 거 같다니까요!"

채목은 차창 밖으로 팔을 내밀고 손을 쥐었다 폈다 했다. 가늘고 하얀 그네 손가락이 공중에 오선을 그으며 지난다.

"제가 어렸을 땐요, 저 아래로 배를 타고 다녔어요."

"그래요. 많이 불편했겠어요."

"불편하면서도 재밌기도 했어요."

"뱃멀미는 안 해요?"

"안 해요. 배 타면 얼마나 신나는데요!"

채목은 다리 아래 바다를 내려다보며 마냥 신나보였다. 차는 천천히 시루섬 연륙교를 지나와서 다시 속력을 냈다. 채목이 차창을 올리며 물었다.

"혹시 목포에 가보셨어요?"

"그럼요. 유달산, 영산강, 갓바위, 음…… 또, 세발낙지?"

"역시, 목포하면 세발낙지죠!"

"오래 전에 여객터미널 근처 식당엘 갔는데 주인이 서비스로 산낙지

한 마리 내주셨어요. 다리 하날 똑 떼서 주는데 다리가 손등에 붙어서 떨어지질 않은 거예요. 아주 기겁을 했죠."

"어머! 세발낙지 먹을 줄 모르나 봐요. 어떻게 먹냐면요. 요렇게 한 손으로 머리통을 꽉 잡고요, 다리를 쓱쓱 훑어서 손가락에 돌돌 감아가지고 머리통부터 쑥 넣고는……."

채목은 산낙지 먹는 법을 능청스럽게 시연하다말고 침을 꿀꺽했다. 질겅질겅 씹는 모습까지 보여주자 쾌영이 참지 못하고 웃음을 터트렸다.

시루섬에서 무안까지는 커브가 많은 이차선이었다. 사망 사고 많은 곳이라는 안내판이 곳곳에 보였다. 쾌영이 다시 운전에 집중하는 동안 채목은 휴대폰을 열어 문자를 확인하고 인터넷신문 기사를 검색했다. 쾌영이 라디오 주파수 버튼을 이리저리 눌러가며 음악방송 채널을 찾았다. 차가 좁고 구불구불한 국도를 달리는 동안 음악은 지지직거리며 상태가 좋았다가 나빴다를 반복했다. 겨울이라 도로가 한산한 편이었다. 이차선 양쪽으론 황토밭이 끝도 없이 펼쳐졌다. 속살 드러낸 붉은 들녘은 솜이불 같은 눈으로 덮여서 따스해보였다. 겨울배추가 황토밭 가운데 허옇게 언 채 말라가고 그 옆 짙은 초록빛을 띠며 제법 생기 있어 보이는 무리는 양배추였다. 해제를 지나 무안으로 접어드는 구간은 도로 양쪽으로 모두 바다가 보이는 곳이다. 바다 한쪽은 모래톱이 넓게 펼쳐지고 장난감 같은 고만고만한 어선이 줄지어 떠 있어 제법 바다처럼 보였다. 그 반대쪽은 너무도 잔잔해서 커다란 호수처럼도 보였다.

둘은 점심이 가까운 시각에 박물관에 닿았다. 채목은 박물관 박 교수와 점심약속을 잡아둔 터였다. 박 교수를 해저유물 관련한 세미나에서 먼발치로 취재한 적이 있다. 그는 대학에 오래 몸담아 왔으며 해저유물 관련 논문을 수차례 발표해서 이 분야에서는 국내학계 최고로 인정받는 인물이었다. 그는 오래 전 시루섬 유물 인양작업에도 참여한 적이 있어 그 공로로 모교에서 명예교수직을 유지해오고 있다. 오는 유월에 열릴 국제학술대회는 지금껏 열린 여느 행사규모와는 비교할 수 없을 만큼 크고 의미도 깊었다. 세계 각국의 도자사와 선박사, 문화교류사 등 관련 전공학자들이 14세기 아시아의 해상교역상과 그 배경 속에 해저유적의 발굴의의와 중요성을 되새겨보는 장이 마련될 예정이다. 아주 특별한 이벤트도 준비되고 있었다. 나라 간의 스케일 큰 프로젝트를 독점으로 취재하고 보도할 기회가 신출내기인 채목에게 주어진 것은 엄청난 행운이기도 했다. 더구나 그녀 가족이 관여된 일이다 보니 더욱 애착이 갔다. 그동안 도화나 주변사람들로부터 금기시 됐던 아버지에 관해 조금이라도 알아낼 수도 있을 거라는 희망이 무엇보다 채목을 들뜨게도 했다.

박물관 주차장에서 채목은 문득 파우치 안에 들어 있는 아버지 유품을 떠올렸다. 낡은 가죽끈에 토제인형 펜던트가 달린 목걸이였다. 채목이 대학기숙사에 들어가던 날 도화는 그것을 귀물스럽게 채목의 손에 쥐어주었다.

"좀 더 일찍 주려다가……, 니가 잃어버릴까봐."

"뭔데?"

"니 아버지 유품, 행운을 가져다주고 또 너를 지켜줄 거래."

"이거 아버지가 직접 만든 거야?"

"아니, 바다에서 건진 거랬어."

펜던트는 엄지손가락만 했다. 자세히 보면 머리를 틀어 올린 소녀얼굴인데 심하게 닳아서 언뜻 봐선 그냥 뭉툭한 돌덩어리였다. 얼굴과 몸통이 반반씩이고 흔들면 안에서 구슬소리가 났다. 속이 비었고 그 안에 구슬이 들어 있었다. 인형의 틀어 올린 머리 움푹 팬 곳에 구멍을 내고 가느다란 가죽 끈을 끼웠다. 아버지 유품이래서 그 목걸이를 몇 번 목에 걸고 다녔지만 그리 예쁘지도 않는데다 펜던트가 거추장스러웠다. 채목은 목걸이를 파우치에 넣어 다니며 가끔 꺼내보곤 했다.

"저는 여기서 만날 사람이 있어요."

"그래요. 저는 그동안 전시실을 좀 둘러볼게요. 채목씨 일 다 보고나면 연락해요."

"저기, 점심은요?"

"걱정 말아요. 알아서 해결할게요."

쾌영은 손을 흔들어 보이며 이층 전시관으로 난 계단을 성큼성큼 올라갔다. 쾌영이 시야에서 사라지자 채목은 가방 속 파우치를 열어 목걸이를 꺼내 목에 걸었다. 그리고는 박 교수 연구실로 향했다. 박석주라는 명패가 붙은 문을 조심스럽게 두드렸다. 안에서 들어오라는 굵직한 음성이 들려왔다. 문을 열고 들어서자 박 교수가 책상에서 벌떡 일어서며 반갑게 반겼다. 채목은 박 교수가 예순일곱쯤이라고 알고 있었다. 채목을 반갑게 맞이하는 이는 생각보다 젊었다. 흑갈색 윤나는 머리칼과 팽팽한 얼굴이 도저히 그 나이로 보이지 않았다. 가지런한 콧수염 때문에 그나마 나이가 좀 들어보였다.

“어서 오게! 기다리고 있었네.”

“K일보 서채목 기잡니다. 오 팀장님 소개로 왔습니다.”

“반가워요. 오 팀장한테는 얘기 들었어요.”

“제가 좀 일찍 왔지요?”

“이걸 어째? 십 분이나 일찍 왔군 그래!”

그는 껄껄 웃으며 채목에게 다가와 손을 잡았다. 사람 좋은 미소를 얼굴에 번지며 다가온 그이 눈빛이 채목의 목걸이에 닿는 순간 섬광처럼 번쩍였다. 저도 모르게 ‘아!’ 하는 탄식을 내놓은 것도 같았다. 그는 재빨리 자리로 돌아가 컴퓨터를 끄고 책상을 정리하기 시작했다.

“자, 자, 점심부터 먹으러 가세나.”

박 교수가 박물관 근처 갓바위횟집에 회정식을 예약해놓았다. 바다가 보이는 이층 건물의 넓고 고급스러운 식당이었다. 채목은 메뉴판에 적힌 가격을 유심히 들여다보았다.

“점심은 내가 살 테니까 서 기자가 차를 사야 해요.”

박 교수는 손녀 같은 채목에게 무척 깍듯했다. 점심 먹기에는 이른 시각이어서 식당은 한산했다. 싱싱한 회와 생선구이, 해물찌개, 각종 밑반찬은 어느 것 하나 나무랄데없이 훌륭했다. 식사를 마칠 즈음 널따란 홀이 손님으로 가득 찼다. 식사 후 두 사람은 횟집 바로 옆 찻집으로 자리를 옮겼다. 커피와 홍차를 한 잔씩 앞에 두고 둘은 잠시 바다에 눈을 던졌다. 찻집 통유리로 된 창은 말끔하게 닦여서 손을 쭉 뻗으면 손가락이 수면에 닿을 듯 투명했다.

“유물을 처음 발견하신 분이 제 외할아버지였어요.”

채목이 홍차 티백이 담긴 잔을 두 손을 감싼 채 말했다. 박 교수는 화들짝 놀라 들고 있던 커피를 쏟을 뻔했다.

“지, 지금 뭐라고 했나?”

“며칠 전 신문기사를 훑다가 알게 됐어요.”

“그그…… 그러니까, 시루섬 서순호 씨가?”

“네. 저희 외할아버지세요.”

박 교수는 몇 번이나 채목의 외할아버지 이름을 확인했다.

“이런 일이 다 있나! 자네가 서순호 씨 외손녀라니!”

“저희 외할아버질 아세요?”

“알지! 알고말고. 아직 살아 계신가?”

“돌아가셨어요. 칠 년 전에.”

“아, 그랬군.”

“외할아버지가 신문에 나올 만큼 유명하신 줄 몰랐어요. 지금까지 한 번도 엄마가 그 말을 안 해주셨거든요.”

“아, 자네 어머닌 잘 계신가?”

“저희 엄마도 아세요?”

“알지. 자네 어머닐 처음 본 게 너무 오래 전 일인데 그게, 그땐 자네보다 더 어린 숙녀였어.”

“와! 진짜 신기해요.”

채목은 호기심 많은 아이처럼 눈망울을 반짝거렸다. 박 교수가 조심스럽게 말을 이었다.

"오늘 나를 만나는 걸 자네 어머니도 알고 계신가?"

"아뇨. 엄만 잘 모르세요."

"잘했네. 모르긴 해도 자네 어머니한테는 지난 일을 떠올리는 일이 몹시 힘드실 거네. 굳이 알리진 말게."

"맞아요. 엄만 해저유물 얘기라면 워낙에 질색하세요."

아침부터 흐릿하던 하늘이 한낮인데도 어둑했다. 금방이라도 눈발이 날릴 듯 무거웠다. 채목은 가방에서 준비한 자료를 꺼내 박 교수에게 내보였다. 채목은 버릇처럼 손가락으로 머릿칼을 빗어넘겼고 그럴 때마다 박 교수 시선이 채목의 목에 걸린 펜던트에 꽂혔다. 채목은 성격도 외모도 도화를 닮지 않았다. 둘 다 쌍꺼풀 없는 눈인데 도화가 가늘고 긴 눈매라면 채목은 큼직하고 시원했다. 채목의 오뚝 솟은 코와 도화의 둥글고 나지막한 코도 대조적이다. 까무잡잡한 피부색만큼은 모녀가 닮았다. 작고 아담한 몸도. 둘이서 일 얘기를 나누는 사이 통유리 저편으로 눈발이 날리기 시작했다.

채목은 박 교수와 헤어져 박물관 뒤편 주차장으로 향했다. 눈이 내려서 일찍 출발하는 게 좋을 것 같다는 쾌영의 문자가 삼십 분 전에 와 있었다. 차에서 기다릴 줄 알았던 쾌영이 보이지 않았다. 전화도 받지 않는다. 채목은 쾌영을 찾아 박물관 안으로 다시 들어갔다. 박물관 안은 한산했다. 관람객이 적어 조명을 어둡게 해놨는지 이층 전시실은 동굴 속처럼 혼혼했다. 쾌영은 이층 중앙에 전시된 난파선 선체 앞에 미동없이 서 있었다. 불에 그을린 것처럼 검게 변색된 선체는 이층 전시실 공간을 거의 다 차지할 만큼 웅장했다. 비록 앙상한 뼈대만 남았으나 선체 가운데 용골은 거친 대양을 가르던 용맹한 기상을 그대로 간직하고 있었다. 쾌영은 배 안에 빠져들 듯 복원된 선체를 골똘히 바라봤다. 그의 눈빛은 아련하고도 깊었다. 난파선 앞에 선 그가 마치 선체의 일부처럼도 보였다.

"뭐하세요?"

쾌영은 긴 잠에서 깬 눈빛으로 채목을 바라봤다.

"아, 일은 다 본 거예요?"

"네, 문자를 늦게 봤어요. 혹시 제가 방해라도 한 건가요?"

"방해는 무슨……, 저 배를 보는데 뭔지 모를 애잔함이 들었어요. 바다를 힘차게 누볐어야 할 범선이 수백 년을 바다 속 갯벌에 묻혀 있다가 저렇게 처참한 몰골로 세상에 떠올랐으니 말예요."

"흠, 정말 안 됐어요."

"상상해 봐요. 저 커다란 범선이 쌍돛을 펼치고 바다를 누빌 때의 모습을요. 멋지지 않아요?"

"글쎄요. 제 눈엔 배처럼 안 보여요. 뼈대만 남은 거대한 고대 물고기 같은 걸요."

"하하! 듣고 보니 그렇기도 하네요."

"저기, 지금 밖에 눈이 많이 와요."

"아차, 얼른 출발해야겠어요."

둘은 서둘러서 박물관을 나왔다.

"와! 함박눈이에요."

평평 쏟아지는 눈을 보는 채목이 천진스럽게 소리쳤다.

"어서 갑시다. 더 쌓이면 위험하니까."

쾌영이 재촉했다. 쾌영의 차 위에 눈이 소복했다. 햇빛이 없어 이대로 계속 내린다면 금방 쌓일 게 분명했다.

"낮엔 차가 많이 다녀서 도로는 괜찮을 거예요."

그제야 채목도 살짝 걱정이 되는 눈치였다. 쾌영은 스노체인이 없다는 것을 떠올렸으나 내색하지는 않았다. 운전 걱정만 아니라면 차창 밖으로 보이는 눈 내리는 풍경은 한 폭 그림이었다. 멀리 보이는 유달산이 눈발 사이로 흐렸다. 도로가 한산했지만 차들은 천천히 달렸다. 시내를 빠져나오자 쾌영은 속도를 내기 시작했다.

"사장님이 많이 걱정하겠어요."

시내를 빠져 나오는 동안 내내 말이 없던 쾌영이 먼저 입을 열었다.

"지금 출발했다고 문자 넣었어요."

차 안에는 침묵이 다시 이어졌다. 채목은 차창 밖 눈 내리는 풍경을 물끄러미 바라보았다. 방금 전 박 교수와 밥을 먹고 차를 마시며 나눈 대화를 되새기는 중이었다.

"그럼 저희 아버지도 아시겠네요."

찻집을 나서기 전 채목은 아주 조심스럽게 아버지에 대해 물었고 박 교수는 그런 채목의 눈길을 피했다.

"자네 아버지 일은 정말 유감이네."

박 교수의 대답 역시 엄마처럼 짧았다.

채목은 아버지 없이 자라면서도 그 빈자리를 크게 느끼지 못했다. 아버지를 추억할 만한 것이 털끝만큼도 없어서기도 했다. 그녀에게 아버지는 원래부터 없던 존재였고 원래부터 없던 자리는 빈자리가 아니었다. 박 교수는 채목과 대화 중 그녀의 성장과정을 드문드문 묻곤 했다. 어린 시절을 어디서 보냈는지, 할아버지를 비롯한 마을사람들 근황과 특히 어머니에 대해 물을 때는 물컵을 손에서 놓지 못하고 연거푸 들이켰다. 그러다가 빈 잔을 들이켜는 바람에 마주한 채목이 풋 하고 뿜었다.

"무슨 생각해요?"

차는 어느새 무안을 지나 해제국도변을 달리고 있었다. 텅 빈 들녘과 드문드문 보이는 언덕배미가 선명하게 붉었다. 그 위로 눈이 내리고 있었다. 늦가을 오후 바닷물이 가득 들어 넘실댈 무렵에 이곳을 지나면 마주한 태양과 수면 위로 반사되는 햇빛, 그리고 끝없이 펼쳐진 붉은 대지가 적당히 버무려져 묘한 기분이 들곤 했다. 그럴 때마다 채목은 가을이고 해질 무렵이라 그런 거라고 혼잣말로 가슴에 이는 수선함을 다독거리곤 했었다.

"아버지요."

채목의 입에서 저도 모르게 아버지라는 말이 튀어나왔다.

"잠수부셨다는?"

"아버지가 궁금하거나 보고 싶거나 그러지 않았어요. 하긴 추억이 있어야 그리운 거잖아요. 나한테 아버지는 원래부터 없는 존재라고 미리 인정한 거죠. 언니나 동생이 없으면 그 존재의 느낌을 모르는 것처럼 입때껏 아버지의 부재가 크게 느껴지진 않았어요."

"지금은 아닌가요?"

"내게도 분명 아버지가 존재했다는 사실이 요즘 들어 부쩍 또렷해져요. 그분과 공유하지 못한 추억이 안타깝고 또 그립고……."

채목은 더 말을 잇지 못했다. 목울대에 뭔가 꽉 차오르면서 말을 할 수 없게 막아버렸다. 마침 작은 휴게소가 보이기 시작했다. 휴게소 바로 옆 담벼락에는 색색의 무당벌레 모형이 마스코트마냥 붙어 눈바람을 맞고 있었다.

"잠깐 휴게소 들렀다 갈래요?"

채목이 고개를 끄덕였고 쾌영이 휴게소로 차를 돌렸다. 휴게소 주차장이 텅 비어 있다. 차량통행이 적어서 주차장은 거대한 눈밭이었다.

"커피 사올게요. 아메리카노?"

채목이 고개를 끄덕였고 쾌영은 커피 파는 곳을 향해 뛰어갔다.

'눈이퍼붓네!지금어디?'

도화가 걱정하는 문자를 확인했다. 통화 버튼을 눌러 전화를 걸자 벨이 울리기도 전에 받았다.

"어, 지금 해제 왔어!"

"눈 오는데 괜찮겠니?"

"차들이 지나다녀서 도로는 괜찮아."

"조심해서 와. 무슨 일 있으면 바로 연락하고."

"배터리 다 돼가. 엄마, 이따 봐!"

쾌영이 커피 두 잔을 들고 차문 앞에 서 있다. 채목은 얼른 문을 열어 커피를 받았다. 잠깐 사이 쾌영의 머리에 눈이 수북했다. 쾌영은 머리와 옷에 묻은 눈을 털고 차안으로 들어왔다. 둘은 말없이 뜨거운 커피를 들이켰다. 커피향이 좁은 차 안을 데웠고 차 유리는 김이 서려 금세 부예졌다. 희부예진 창에 손가락으로 뭔가를 써보려다 그만두었다. 조급해진 쾌영은 차문을 열어 반쯤 남은 커피를 쏟았다. 열린 창문으로 눈송이가 비집고 들어온다. 창을 열어 환기를 시켜도 앞은 여전히 흐렸다. 눈 때문이었다. 그러는 사이 눈발은 하늘을 빈틈이 없을 만큼 빽빽하게 덮으며 쏟아지고 있었다.

"우와! 완전 퍼붓는 걸요. 괜찮을까요?"

채목이 소리친다.

"빨리 움직이는 게 좋겠어요."

쾌영이 액셀러레이터를 밟자 바퀴가 헛돌면서 순간적으로 차체가 휘청했다. 그 바람에 채목의 손에 들린 커피가 손등과 바지에 살짝 쏟아졌다.

"앗! 괜찮나요?"

"네네, 그냥 출발하세요."

텅 빈 주차장을 빠져나와 다시 도로에 진입했다. 한산한 눈길을 달리는 차들이 반갑고 고마웠다. 쾌영은 속도를 줄여 조심스럽게 차를 몰았다. 엔진오일과 타이어 공기압은 내려오기 전 점검했지만 스노체인을 준비하지 못한 건 불찰이었다. 해제휴게소에서 시루섬까지는 한 시간 남짓 거리였다. 저속으로 가도 해 지기 전에 도착할 것이다.

"채목씬 뜨거운 걸 잘 못 마시죠?"

커피를 양손에 쥔 채 홀짝이는 채목을 보며 쾌영이 말했다.

"네."

“아직 어리네.”

“맞아요. 어른들은 뜨거운 걸 잘도 먹는다는데.”

“채목씬 우리 몸에서 어디가 가장 차갑다고 생각해요?”

“당연히 귀죠. 귓바퀴에 혈관이 없어 통증을 적게 느낀다잖아요.”

“아니, 난 혀라고 생각해요.”

“혓바닥요?”

“펄펄 끓는 찌개국물을 맛보는 거 보면서 그런 생각이 들더라고요.”

“오, 맞네! 근데 난 왜 뜨거운 걸 못 마실까요?”

“모든 사람이 다 같을 수는 없으니까.”

“특별한 건 싫은데…….”

채목이 어리광부리듯 흘겨보자 쾌영이 싱긋 웃는다. 차안 공기가 훨씬 부드러워졌다. 해제를 지나 지도읍에 닿았을 때는 세상이 온통 하얘서 동화 속 나라 같았다. 바닷가 쪽이 가까울수록 눈보라가 심했다.

“섬엔 눈이 더 오겠죠?”

쾌영이 걱정스러운 눈빛으로 물었다.

“예전엔 이보다 더한 폭설에도 섬에 들어갔어요. 그러고 보니 설엔 눈이 많이 내렸던 거 같아요.”

새 달력으로 바뀌고 한 달이 다 지나고 있었다. 채목의 말대로 설날이면 시루섬엔 눈이 꼭꼭 내렸다. 어느덧 설이 다가오고 있었다.

지도읍부터는 차량통행이 뜸한데다 도로가 눈으로 덮여 차선이 보이지 않았다. 사륜구동이라 그나마 안심이긴 했지만 바퀴가 눈에 푹푹 빠지는 도로를 달리는 일은 위험천만했다. 달린다는 표현보다 기어간다는 말이 어울렸다. 지도대교를 지날 때 채목이 차창을 열었다가 도로 올렸다. 눈바람이 몰아쳐서 숨이 막혔다. 눈이 오지 않았다면 집까지는 고작 이십여 분 거리다. 사방을 둘러봐도 둘이 탄 차가 세상에서 유일한 듯했다.

"문제는 시루섬 다리예요. 다리 입구가 경사도 심하고 나선형이라 위험할 거예요."

"하…… 어쩌죠?"

쾌영이 걱정을 하자 옆에 앉은 채목은 더욱 긴장을 한다. 쾌영은 이런 상황에도 기어코 섬으로 들어가는 자신이 문득 의아하게 느껴졌다. 읍내에 여관이 있다고도 들었다. 지금껏 여행지에서 몇 차례 위험한 상황을 당했지만 지금처럼 긴장해 보긴 첨이었다. 문득 옆자리에 앉은 채목을 바라봤다. 아직도 다 비우지 못한 커피를 양손으로 움켜쥐고 눈 내리는 차창을 쳐다보는 채목의 표정이 어딘지 애잔하다. 겉으론 밝고 씩씩해 보이지만 입을 꾹 다물고 생각에 잠길 땐 깊은 슬픔이 작은 몸 어딘가에 고여 있는 듯했다. 이마에 흘러내린 머리칼을 손으로 쓸어 올려주고 싶은 마음이 들었다가 고개를 저었다. 시루섬에서 애타게 딸을 기다릴 도화가 떠올랐다. 눈바람 휘날리는 창밖을 보며 그녀는 또 얼마나 애간장을 태우고 있을까. 쾌영은 운전대를 잡은 두 손에 꽈악 힘을 더했다.

"내 운전 실력을 함 믿어 봐요."

쾌영이 운전대를 손으로 탁탁 내리치며 눈을 찡긋한다. 채목은 얼굴이 금세 환해지면서 쾌영의 장난에 맞장구를 쳤다.

"넵! 믿고 말고요!"

5

검은 폭설

시루섬 연륙교 진입로에서 차가 멈췄다. 눈앞에 보이는 다리 상판은 두툼한 솜이불을 덮고 있었다. 입구에서부터 삼십 도가 넘는 경사로고 다리 진입로에서부터 상판까지 S자형으로 꼬아놓은 커브길이라 평소에도 시속 이십 킬로미터를 넘을 수 없을 만큼 위험한 길이었다. 쾌영의 오른쪽 다리에 힘이 들어갔다. 어둠이 짙어지자 다리 가드레일에 늘어선 가로등 불빛이 희미하게 켜지고 있었다. 차는 엉금엉금 다리를 향해 진입했다. 핸들을 잡은 손바닥에 땀이 배고 발끝에 워낙 힘을 줘서 그런지 오른쪽 장딴지가 절로 달달거렸다. 달달거림이 핸들을 잡은 두 손까지 전해졌지만 차안이 어두워 채목이 눈치 채진 못했다.

"괜찮을까요?"

채목이 차문 위쪽에 붙은 손잡이를 꼭 잡으며 물었다.

"일단 올라가봅시다."

"이 다리만 건너면 될 텐데……."

마음 같아서는 차에서 내려 다리 위를 걸어가고 싶었다. 하지만 그러기엔 눈바람이 너무 세찼다. 그렇다고 되돌아갈 수도 없었다. 어떻게든 다리만 건너면 집까지 가는 건 문제가 없어 보였다. 마침내 다리에 진입한 차는 천천히 커브를 돌면서 오르막으로 향했다. 힘겹게 올라가던 차는 얼마 못가서 갑자기 멈췄다.

"어? 왜 이러죠?"

채목이 겁에 질린 얼굴로 쾌영을 봤다. 쾌영이 다시 액셀러레이터를 밟는 순간 앞바퀴가 방향을 잃고 제멋대로 돌았다. 순간 쾌영은 핸들을 놓치고 말았다. 악! 둘이 동시에 비명을 내놓았고 쾌영은 본능적으로 브레이크를 밟으며 사이드브레이크를 당겼다. 하지만 차는 말을 듣지 않고 뒤로 주르륵 미끄러져 내려갔다. 이대로 내려가다간 가드레일을 들이박고 바다로 떨어질 판이었다. 쾌영은 핸들을 다시 꽉 붙들고 차가 바다 쪽으로 떨어지지 않게 길 안쪽으로 방향을 틀었다. 조수석에서 새파랗게 질린 채목은 숨도 못 쉬고 고개를 돌렸다. 다리 왼편 시커먼 바다가 그들을 삼킬 듯 올려다봤다.

'이곳을 지날 때마다 바다를 나는 기분이에요!'

아침에 연륙교를 지나면서 차창 밖으로 손을 내밀며 바람을 잡던 채목은 이미 체념한 눈빛이었다.

"엄마……."

채목이 숨을 토해내며 눈을 감았다. 꽝! 차가 가드레일에 부딪쳤다. 쾌영은 핸들을 끌어안고 고개를 숙였다. 채목도 비명을 지르며 두 손으로 얼굴을 감쌌다. 이제 둘은 차와 함께 차가운 바닷물에 처박힐 일만 남았다. 가드레일을 부순 차는 오십여 미터의 바다로 추락하는 중이었다. 풍덩, 하는 소리와 함께 엄청난 흔들림이 있어야 할 텐데 이상하리만치 고요했다. 어쩌면 아직 바다에 떨어지는 중인지도 몰랐다. 십 초, 이십 초가 지났을까. 적막이 이어졌다. 둘은 조심스럽게 고개를 들었다. 차가 꿈쩍하지 않았다.

"아, 가드레일에 걸린 것 같아요."

"문 열고 나갈까요?"

"안 돼! 움직이면 위험해요. 가만 그대로 있어요."

쾌영이 휴대폰을 찾았다. 그러다가 휴대폰을 가방에 넣어 차 뒤칸에 뒀다는 걸 떠올렸다. 채목은 급히 주머니에서 폰을 꺼냈다. 배터리 표시등이 깜박이고 있었다. 그때 벨이 울렸다. 도화였다.

"엄마아!"

"지금 어딘데?"

"엄마, 어떡해! 사고 났어! 다리야!"

"사고라니?"

그 말과 동시에 휴대폰이 꺼져버렸다.

"엄마, 엄마아……."

채목이 소리를 질렀다.

"걱정 말아요. 구조하러 올 거예요."

쾌영이 채목을 다독였다. 시동 꺼진 차안은 빠르게 식었다. 잔뜩 겁을 먹은 채목은 얼굴이 파리했다. 핏기라곤 없이 창백해서 얼음조각처럼 느껴졌다. 쾌영은 코트를 벗어 새파랗게 굳은 채목을 감쌌다.

"눈 때문에 구조하러 오는 것도 힘들 거예요."

채목이 중얼거렸다. 분명 말소리는 나오는데 입이 달싹이질 않았다. 점점 눈발은 굵어지고 가드레일에 걸린 차는 서서히 눈에 파묻혔다. 어둠 속에 내리는 눈, 검은 폭설이었다. 시간이 지나도록 사방은 고요했다. 얼마나 지났을까. 더 이상 차가 움직이지 않자 쾌영은 차에서 빠져나가보려고 문을 열어보았다. 문짝이 꿈쩍도 하지 않았다. 가드레일에 받히면서 충격으로 뒤틀린 모양이었다. 어깨에 힘을 주어 문짝에 부딪히자 차가 뒤로 살짝 밀리는가 싶더니 멈췄다.

"안 되겠어요. 잘못하다간 이대로 바다에 떨어져요."

채목은 공포에 질린 눈으로 쾌영을 봤다. 두려운 건 쾌영도 마찬가지였다. 채목에게 코트를 벗어주고 스웨터와 머플러로 추위를 견디던 쾌영은 뒤쪽 짐칸에 군용모포가 있다는 게 생각났다. 몸을 조심스레 움직여 손을 뻗으면 닿을 수 있는 거리였다. 쾌영은 가까스로 모포를 집어 몸을 감쌌다.

"이거 입으세요."

채목이 코트를 건네주려 하자 쾌영이 말린다.

"아니, 그대로 있어요."

쾌영이 따뜻하게 웃어줬다. 웃음 머금은 그의 눈빛이 선했다.

"엄마가 우릴 구해주러 오겠죠?"

금방이라도 울음이 터져버릴 듯 채목의 목소리는 잔뜩 부풀어 있었다.

"네. 올 거예요."

쾌영은 채목의 손을 잡아주었다. 얼마나 시간이 지났을까. 사방은 컴컴한 어둠에 둘러싸이고 눈은 계속 내렸다. 머잖아 차가 눈 속에 완전히 묻혀버릴 것이다. 공포와 함께 뼛속까지 추위가 파고들었다. 몸을 자유롭게 움직일 수만 있다면 팔다리를 흔들거나 뛰면서 견뎌보겠지만 옴짝달싹할 수 없는 공간에서는 죄여오는 이것들에 속절없이 당할 수밖에. 바람까지 몰아쳐서 시야는 어둠과 눈보라로 막막함을 보태고 있었다.

"잠들면 안 돼요. 정신 바짝 차려요."

"미안해요. 저 때문에……."

"누구 탓이 아니니까 절대 그런 생각 말아요."

"저 따라 오신 거잖아요."

"아니, 혼자라도 나서려고 했어요. 꼭 가봐야 할 곳이었고요."

쾌영이 그렇게 말했지만 채목은 머리를 흔들었다.

"지금 내 앞에 벌어진 일은 모두 내가 선택한 삶이에요. 누굴 원망하거나 자책하는 건 어리석어요. 이미 벌어진 일에 만약을 덧붙이는 건 의미 없는 거니까 앞으로의 일만 생각해요."

쾌영의 목소리는 담담했다. 끝내 채목이 울음을 터뜨리고 말았다. 볼을 타고 내리는 눈물을 닦을 기운도 없는지 마냥 흐느꼈다. 쾌영이 티슈를 뽑아 건넸지만 받지 않았다. 쾌영이 직접 눈물을 닦아줬다. 그러는 동안 그들이 탄 차는 눈에 묻혀 점점 형체를 잃어갔다.

시루섬은 낮부터 굵은 눈발이 쏟아지기 시작했다. 카페엔 종일 손님이 한 명도 들지 않았다. 도화는 퍼붓는 눈을 보며 채목과 쾌영을 기다렸다. 해제휴게소를 출발한다는 채목의 전화를 받은 지 한 시간이 지났다. 눈이 내리지 않았다면 도착하고도 남을 시간이었다. 눈길이라 천천히 오고 있을 거라고만 생각했다. 날이 어두워지면서 눈보라가 치기 시작했다. 채목에게 목포에서 자고 내일 눈 그치면 들어오라고 말하지 못한 것을 후회했다.

'아무 일 없을 거야.'

도화는 스스로를 안심시키며 수놓던 바구니를 가져다놓고 거기 집중하려고 해봤다. 그렇게 얼마나 지났을까.

엄마, 엄마! 하고 부르는 채목의 목소리에 화들짝 놀랐다. 순간 도화는 반가움에 어, 왔어! 하며 몸을 벌떡 일으켰다. 그런데 아무도 없었다. 도화는 두리번거리며 카페를 이리저리 둘러보았지만 카페 안은 그녀 혼자뿐이었다. 방금 들은 채목의 목소리는 너무나 생생해서 도화는 자신의 귀가 의심스러울 지경이었다. 출입문까지 열고 밖을 살폈으나 바깥 역시 고요했다. 아니, 희끄무레한 어둠 속에서 눈보라가 일고 있었다. 꿈도 아닌데 딸의 목소리를 들었다니! 순간 불길한 느낌마저 확 밀려들었다. 채목에게 전화를 바로 걸었다.

"엄마, 어떡해! 사고 났어! 다리야!"

그러고 전화가 끊겨버렸다. 다시 걸었지만 연결되지 않았다. 쾌영의 전화번호를 알아두지 못한 것이 후회가 되었다. 다리라면 시루섬 초입에 놓인 연륙교가 분명했다. 커브가 심한 오르막에서 사고가 났다면 큰

일이었다. 도화는 무엇부터 해야 할지 막막했고 도무지 가슴이 진정되지 않아 한동안 카페 안을 서성거렸다. 마음을 가다듬은 즉시 파출소에 전화를 걸었다.

"뭐라고야? 거그서 차가 미끄러졌으면 큰일인디!"

복춘이 놀란 목소리가 전화기를 뚫고 나왔다.

"아, 빨리 우리 앨 좀 구해줘요. 제발……."

도화는 온몸이 후들거려서 더는 말을 잇지 못했다.

"알았네. 바로 읍내소방대에 연락함세. 진정하고 기다리게."

시루섬 파출소장인 복춘은 도화의 중학교 선배다. 아내는 애들과 섬을 나가 따로 살고 그는 카페 바로 맞은편에서 어머니와 지내고 있다. 동생 복동이가 도화랑 동창이고 맏이인 복춘이는 세 살이 많다. 그런데도 마을사람들은 그 어머니를 큰아들 이름자를 붙이지 않고 둘째아들 이름을 붙여서 복동어매라고 불렀다. 둘째가 첫째보다 머리가 좋았고 시루섬에서는 처음으로 사법고시에 붙은 수재라서 그럴 것이다. 그의 집이 작은 도로 하나를 두고 도화네 카페와 마주하고 있어 혼자 사는 도화에게 의지가지가 돼 주었다. 시루섬 파출소는 이름뿐인 파출소지 동네 방범초소나 다름없었다. 당장 사고현장에 달려가더라도 복춘이 할 수 있는 거라고는 별로 없었다. 구조장비를 갖춘 읍내소방서에 전화를 걸어 구조요청을 했으나 몇 안 되는 그곳 대원 모두 다른 사고현장에 출동한 터였다. 폭설로 읍내에서도 크고 작은 사고가 줄을 이었다. 마음 급해진 복춘이 차를 몰아 연륙교로 향했으나 눈에 가로막혀 얼마 가지 못하고 멈춰 서고 말았다. 복춘이 차에서 내리니 눈이 무릎까지나

빠졌다. 다리까지 걸어가는 것조차 무리였다.

구조대가 다리에 도착한 것은 사고가 나고 대여섯 시간쯤 지나서였다. 눈 때문에 다리 위로 차량진입이 불가능했다. 제설작업을 하는 동안 차안에 있는 두 사람이 점점 위험했다. 구조대원들이 차에서 내려 장비를 메고 사고지점까지 걸어가기로 했다. 다행히 다리입구에서 이십여 미터 지점에서 사고차를 발견했다. 차는 눈에 파묻혀 더 이상 움직이지 않았지만 가드레일에 차량 뒷부분이 부딪쳐 상판을 받치는 두 개의 철봉 중 아래쪽은 끊어지고 위쪽 철봉은 구겨져서 끊어지기 직전이었다. 만약 위의 철봉까지 끊어졌다면 둘은 차와 함께 저 아래 바다에 떨어지고 말았을 것이다.

차 안에 인기척이 없었다. 우선 차체를 로프로 움직이지 않게 단단히 묶어 맞은편 가드레일에 고정시켰다. 자칫 차가 미끄러져 뒤로 밀리기라도 한다면 큰일이었다. 차체를 안전하게 고정한 다음 차문을 당겼다. 차문이 열리지 않았다. 가드레일에 부딪치면서 충격으로 차문이 뒤틀린 모양이었다. 전문장비를 이용해서 차 문짝을 해체하기로 했다. 차문을 떼 내는 동안에도 차안은 고요했다. 한참 만에 차 문짝을 떼어내고 안에 있는 두 사람을 발견했다. 채목은 희미하게 의식이 있었지만 쾌영은 상태가 안 좋아보였다. 급히 둘을 가까운 병원으로 이송했다.

자정이 넘은 시각에 도화는 채목의 구조소식을 들었다.

"채목인 멀쩡하다니 맘 푹 놓게. 그란디, 같이 있던 남자는 의식이 없나 봐. 병원으로 옮겼는디 저체온증이 있다고 그라네."

도화는 채목이 무사하다는 말에 한시름 놓았다가 쾌영이 의식불명

이란 소리에 도로 가슴이 내려앉았다. 오래 전 그날의 악몽이 되살아나면서 맥없이 그대로 주저앉고 말았다.

6

악몽

그해 가을, 해저유물 인양작업도 막바지에 이르고 있었다. 시루섬 앞바다에서 벌인 인양작업은 국내 매장문화재 발굴에 있어 수중발굴의 시초라는 점에서 의미가 컸다. 이 역사적인 인양작업은 십 년간이나 진행되었다. 워낙에 매장량이 많았고 무엇보다 작업환경이 열악했기 때문이었다. 악조건은 한두 개가 아니었다. 드넓은 바다에 유물이 잠겨 있는 곳을 특정할 수 없는데다 물살이 시속 9킬로나 되고 수심은 무려 20미터가 넘었다. 더구나 물속은 한 치 앞도 안 보이는 흙탕물이어서 잠수부들이 새까만 바다 밑바닥을 손으로 더듬거려가며 한 점 한 점 찾아야 했다. 가을부터는 인양작업을 중단해야 했다. 가을과 겨울엔 물이 차서 자맥질을 할 수가 없다보니 일 년에 고작 다섯 달만 물에 들어가는 형편이었다. 그나마도 밀물과 썰물 시간을 헤아려 하루 한두 번씩, 겨우 한두 시간밖에는 일할 수 없었다.

그해는 일찍 작업이 중단되었다. 구월이 되자 마을 앞바다에 떠 있던 군함도 일찌감치 진해로 돌아갔고 민간잠수사와 해군잠수대원들도 차례로 철수를 했다. 십 년째 끌어오던 유물 인양작업을 종료한다는 문공부 공식발표가 곧 나올 거라는 말도 돌았다. 문공부 직원들은 읍내 중앙여관에 차려놓은 임시본부에서 작업중단 최종 결정이 내려지기만을 기다리며 대기하고 있었다. 인양작업 종료와 함께 시루섬 앞바다에 내려진 조업 중단조치도 풀리기 때문에 누구보다 시루섬 어부들은 그 소식을 반겼다.

시월로 접어들면서 시루섬 안에는 최소 인력만 남았다. 이제 시루섬만의 적막한 평화가 찾아오는 듯했다.

그러던 어느 날이었다. 동틀 무렵부터 기석은 집을 나설 준비로 바빴다. 잘 손질해서 깊이 넣어뒀던 잠수장비를 다시 꺼내놓고 묵묵히 옷을 챙겨 입었다. 그날은 임신 9개월로 접어 든 도화와 목포 병원에 같이 가기로 약속한 날이었다.

"그건 왜요?"

잠수장비를 본 도화가 눈을 똥그랗게 뜨며 물었다.

"잠시 할 일이 있다고 나오래."

"또 물에 들어가려고?"

"걱정 마. 금방 다녀올게. 병원은 낼 가자."

기석은 도화와 뱃속 아기를 꼭 안아주곤 집을 나섰다. 눈에 익은 검은색 차가 대문 앞에 대기하고 있었다. 벌써 섬을 나간 줄 알았던 기석의 동료 상철이 운전석에 앉아 있었다. 상철은 도화에게 살짝 눈인사만 건네고는 기석을 태우고 황급히 떠났다. 흙먼지와 차 뒤꽁무니에서 뿜어져나는 매연이 뒤섞여 그들이 사라진 자리를 지워갔다. 도화는 알 수 없는 두려움에 가슴이 울렁거렸다. 그러자 뱃속 아이도 심하게 움직였고 순간 현기증이 일었다. 도화는 울렁거리는 배를 그러안고 고샅길 얕은 돌담에 앉아서 흙먼지가 사라지는 걸 멀뚱히 바라봤다.

'아, 엄마…….'

도화는 저도 모르게 어머니를 불렀다. 언제부터인가 알 수 없는 불안감이 밀려오면 어머니를 찾는 버릇이 생겼다. 어머니는 떠났어도 아주 떠난 게 아니었다. 집으로 돌아온 도화는 마음을 가라앉힐 겸 반짇고리를 꺼냈다.

"배내옷은 사왔응께, 깐난애기 삳걸레는 노니 니 손으로 반질해가며 맹글어 봐라이."

도화 배가 점점 불러오자 복동어매가 읍내 오일장에서 소창원단을 끊어다 주며 천기저귀 만들어보라고 했다. 도화는 복동어매가 가르쳐준 대로 천 가장자리를 손톱으로 꾹꾹 눌러 바늘로 한 땀 한 땀 기워가며 천기저귀를 만들어갔다. 아기이불과 포대기는 오늘 목포 나가면 기석과 함께 고를 참이었다. 그것 말고도 준비할 게 많았다. 젖병이랑 가제손수건, 양말도 사야 했다. 아기를 낳으면 기석과 도화는 아버지를 모시고 시루섬을 나가 살기로 했다. 아버지 평생소원이 이루어질 날도 머지않았다.

그날 다저녁때였다. 차 소리가 들려 나가보니 기석은 안 오고 상철이 혼자 왔다. 상철은 아침에 봤던 그가 아니었다. 반쯤 넋이 나간 것처럼 파리해져서는 알 수 없는 소리를 웅얼거렸다.

"미쳐 불겄다! 그 자식이 물에서 안 나온다."

"뭐라고요?"

"그 새끼가, 실종된 거 같다고! 시벌……."

상철이 울음을 참으며 내는 소리가 짐승의 그것처럼 들렸다. 도화는 실종이라는 단어가 너무나 생소해서 무표정하게 상철을 바라봤다.

"실종……이라니?"

상철은 도화 얼굴을 부러 외면하곤 차 문을 열었다. 무거운 몸 때문만은 아니었다. 도화는 다리가 풀려서 차에 오르지 못하고 한참을 버둥거렸다. 도화를 부축해서 차에 태운 상철은 금방이라도 터질 듯 부풀은 눈과 코와 입을 꾹꾹 앙다물고 울퉁불퉁한 흙길을 달려 만들 선착장으로 달렸다. 다시 그녀의 배가 울렁거리기 시작했다. 저물 무렵인데도 서녘에 노을이 들지 않았다. 하늘과 바다가 약속이라도 한 듯 거멓게 침묵했다. 상철은 선착장 입구에 차를 세우더니 시동을 켠 채 운전대에 얼굴을 묻고는 끄억끄억 소리를 참아가며 울었다. 도화는 한동안 차안에 그대로 앉아 어찌할 바를 모르고 상철과 선착장 쪽을 번갈아 보았다. 상철은 꽉 움켜잡은 운전대에 머리를 찧어대며 점점 더 크게 울었다. 저기 선착장 끄트머리에 사람들 몇이 유령처럼 어슬렁거리는 게 보였다. 도화는 차에서 내려 불룩한 배를 붙안고 천천히 선착장을 향해 걸어갔다. 그들에게 가까이 다가갔을 때 낯익은 남자가 부표에 쭈그린 채 손으로 얼굴을 감싸고 있는 게 보였다. 눈물인지 콧물인지 말간 액체가 거칠게 기른 그이 콧수염으로 스며들고 있었다. 사방 어디에도 기석은 보이지 않았다. '금방 다녀올게. 얼른 갔다 와서 같이 병원가자.' 그러곤 그녀 입술과 불룩한 배에 입을 맞추고 집을 나선 그였는데……. 도화는 비척거리며 선착장 끝으로 자꾸 걸어갔다. 더는 갈 수 없는 그 곳에 서서 바다를 뚫어져라 바라봤다. 조금 있으면 저기 바다 속에서 그가 '후흡' 숨을 들이쉬며 떠오를 거라고 도화는 믿었다. 유난히 장난기 많은 그였으니까 충분히 그럴 만도 했다. 도화는 선착장 끝에서 목 놓아 기석을 불렀다. 그녀가 아무리 소리쳐 불러도 그는 떠오르지 않았다. 어머니를 삼켰던 그날처럼 바다는 잿빛으로 시치미 뗀 채 깊이 침묵했고 파도만이 선착장 방파제 끝에서 알랑거렸다. 시간이 흐를수록 도화는 극도의 공포와 불안에 빠졌고 점점 숨이 쉬어지지 않았다. 그녀는 입을 크게 벌리고 숨을 거푸 몰아쉬다가 가슴을 움켜잡고는 슬로모션처럼 젖은 선착장 바닥에 털썩 쓰러지고 말았다.

"아직 안 깨났어?"

다음날 저녁께 복춘이 병원을 찾아왔다.

"이제 위험한 고비를 넘겨서 괜찮을 거래요."

"그래야지. 고만허길 천만다행이여."

복춘은 제설작업을 하다 달려왔는지 작업복 차림에 바짓단과 신발이 다 젖어 있었다.

"가세. 나가서 국밥 한 그릇 먹세."

복춘은 버티는 도화를 시장통 모녀국밥집으로 데려갔다. 장날이면 앉을자리가 없을 정도로 북적이는 국밥집이었다. 채목이 수육을 좋아해서 두어 번 데리고 왔었다.

"억지라도 한 술 떠. 그러다 자네가 병 난당게."

복춘은 펄펄 끓는 국밥에다 양념부추를 듬뿍 넣고 새우젓이랑 고추 양념도 넣어 휘휘 젓더니 수저를 쥐어주며 말했다. 도화 눈에 금세 눈물이 괸다. 뜨거운 국밥을 훌훌 저을 뿐 입에 떠 넣질 못했다.

"까딱 잘못됐으면 어쨌을까 생각하니 아찔하고……, 지금도 심장이 떨려요."

"천운이랑께. 하늘이 도왔구먼."

"저 사람이 한없이 고맙다가도 저렇게 누워있는 걸 보면 미안해요. 참, 가족들한테 알려야 할 텐데요."

"소쾌영이랬나? 조회해 보니께 국적이 중국이던디, 자넨 알고 있었능가?"

"아뇨. 몰랐어요."

"서울서 대학을 나왔고 한국 온 지는 꽤 됐더라고."

"그럼, 서울에 가족이 있지 않을까요?"

"미혼이여. 중국에 부친이 있다고 나오는디 소재파악이 안 돼야."

"저 사람이 중국인일 거라고 전혀 생각도 못했어요."

"아따, 우리말을 겁나게 잘하던 갑네? 그나저나 채목이는 좀 어떤가?"

"개는 내일 퇴원해도 된대요."

"잘 되얐네! 암만, 잘 되얐어!"

복춘이 국밥을 입 안 가득 담은 채 소리쳤다. 그는 볼퉁이가 터질 듯

미어져선 그래도 좋다고 허허허 웃었다. 복춘이는 채목을 친딸마냥 챙겼다. 오랫동안 도화를 지켜봐오면서 그녀의 굴곡진 삶을 누구보다 잘 아는 그였다. 까마득한 시절에 복춘은 도화를 가슴에 품은 적이 있었다. 도화는 검생이에 몇 안 되는 여자애 중에서도 말 수 적고 수줍음이 많았다. 어린 게 일찍 어머니를 바다에 잃고 비틀거릴 때는 도화네와 담장 하나를 사이에 둔 복동어매가 그녀를 딸처럼 들여다보곤 했다. 복동어매는 뺏뺏한 아들만 넷이어서 그런지 유난히 도화를 어여삐 대했었다. 복춘은 그런 틈에 자주 도화네 담장을 기웃거렸다.

어느 여름날, 저녁을 먹고 뒷간에 가던 복춘은 물소리에 끌려 저도 모르게 담장 쪽으로 발을 옮겼다. 물소리는 도화네 우물 쪽에서 나는 소리였다. 담장은 복춘의 키 높이 정도로 만만했다. 복춘이 살짝 발돋움하자 담장 너머 도화의 벗은 몸이 보였다. 불빛 하나 없는 어둠 속에서 그녀가 우물물을 길어 몸에 붓고 있었다. 복춘은 숨죽인 채 도화를 훔쳐봤다. 차츰 그의 눈이 어둠에 익숙해지면서 발가벗은 도화의 실루엣이 보이기 시작했다. 물에 젖은 가무잡잡한 몸피는 팔딱이는 물고기처럼 싱싱했다. 봉긋한 가슴과 잘록한 허리가 손 뻗으면 닿을 듯 아주 가까웠다. 도화가 두레박으로 우물물을 퍼 올려 머리에서부터 쏟아부을 때면 마치 자신의 몸에 얼음장 같은 물이 쏟아지는 듯 온몸에 소름이 돋았다. 저도 모르게 으으, 하는 신음을 내버렸다.

그가 군복무를 마치고 고향에 돌아왔을 때 도화는 이미 섬을 떠나고 없었다. 그 잠깐 사이에 도화는 기석을 만났다가 잃었고 딸을 낳아 목포 유달산 아래 산동네에서 살고 있었다. 복춘은 물어물어 도화를 찾아갔다가 이내 발길을 돌려야 했다. 그녀는 더 이상 시루섬 검생이에서 살던 말없고 수줍음 많던 소녀가 아니었다. 시장통 구석에 자리한 그녀의 분식점은 공동화장실처럼 불결하고 헤퍼보였다. 금이 간 간유리에 비친 시커먼 그림자들의 정체를 굳이 확인하고 싶지 않아서 조용히 발길을 돌리고 말았다.

복춘이 병원을 다녀가고 도화는 다시 쾌영의 병실을 찾았다. 잠든 그의 얼굴은 꿈꾸듯 평온했다. 불현듯 쾌영의 얼굴에서 기석이 겹쳐 보였다. 도화는 저도 모르게 울컥 속이 차올라 입을 막았다. 기석을 잃은 일이 어제인 것처럼 새삼스레 설움이 복받쳤다. 도화는 여태껏 기석의 죽음을 인정하지 않았는지도 모른다. 눈으로 볼 수도 손으로 만질 수도 없는 죽음이라서 그러고도 남았다. 하루아침에 하늘처럼 의지하던 사람이 흔적도 없이 사라져버렸다. 어떻게 그럴 수 있어? 어떻게……, 어떻게……, 여태 도화가 할 수 있는 말이라곤 그것뿐이었다. 어머니와 남편을 그렇게 맥없이 놓쳐버렸다. 이번에 채목이 마저 잃었다면……, 도화는 세차게 고개를 저었다. 쾌영에겐 미안하지만 무사한 채목을 생각하면 그저 다행이고 또 고마웠다.

의사 말대로 쾌영의 회복은 빨랐다. 다행히 그는 사고 나던 날을 모두 기억했다. 다만 사고 후유증으로 며칠 더 휴식하며 병원치료를 받아야 한다고 했다. 도화는 만약을 대비해 쾌영의 가족에게 사고소식을 전해야 한다는 생각이 들었다.

"나중에라도 가족이 알면 놀라고 속상하실 텐데……."

"글쎄 괜찮다니깐요. 보세요! 이렇게 멀쩡한걸요. 그리고 저는 아직 여행 중이라고요."

쾌영은 자신이 중국에서 왔다는 말을 끝까지 하지 않았고 도화도 더는 아는 체하지 않기로 했다.

다음날 도화는 채목을 먼저 데리고 시루섬으로 들어왔다. 제설작업으로 도로는 뚫렸지만 산과 들과 논밭은 아직 눈세상이었다. 도로 가장자리에도 치워놓은 눈이 수북했다. 카페주변과 주차장은 복춘이 눈을 치워놓아 말끔했다.

"오매오매, 내 새끼들! 얼매나 놀라쓰까잉."

복동어매가 득달같이 카페로 들어오며 소리소리 질렀다. 복동어매는 채목을 끌어안고 몸을 이리저리 살폈다.

"아가, 어디 보자잉. 참말로 괜찮허재?"

채목이 고개를 끄덕이며 복동어매를 한번 더 꽉 안았다. 도화가 몇 번이나 괜찮다는데도 복동어매는 안심이 안 되는지 채목한테서 눈을 떼지 못했다.

"도화야, 너도 고상혔다. 요번 일로 올해 액땜은 다 해부렀다고 생각해라잉!"

복동어매는 도화 손을 꼬옥 잡고는 한 손으로 등을 토닥거렸다. 입으로는 괜찮다면서 도화와 채목을 보는 두 눈이 여전히 그렁그렁했다. 복동어매는 뒤늦게 생각이 났는지 들고 온 검정봉지를 도화 손에 쥐어주었다.

"요놈을 찹쌀 넣고 푹푹 낄여가꼬 채목이 좀 멕이고 너도 같이 먹어라잉. 어매가 언능 기운 차려야 한당게."

"추운데 또 낙지 잡으러 가셨어요?"

"아따, 오늘은 따땃했어야. 그라고 내가 딴 거는 어두워도 요앞 갯바닥은 내 손바닥 보듯 훤하잖냐. 꺽정일랑 말어야."

복동어매가 돌아가고 도화는 낙지가 든 비닐봉지를 들여다봤다. 머리통이 주먹만 한 낙지가 예닐곱 마리는 돼 보였다. 봉지 안에 손을 넣자 죽은 듯 잠잠하던 녀석들이 꿈틀대며 손등에 달라붙었다. 억척스러운 빨판이 손등에서 쉬이 떨어지지 않았다. 채목이 연포탕을 좋아해서 세 마리만 꺼내놓고 나머지는 냉동실에 넣었다. 서둘러 저녁을 지었다. 쌀을 씻어 밥솥에 안치고 다시국물을 우려내었다. 도화가 저녁을 짓는 동안 채목은 이층에 올라가서 쉬었다.

카페는 당분간 문을 닫기로 했다. 어차피 겨울에는 손님도 적었다. 도화는 커피머신을 켰다. 머신이 예열되는 동안 그라인더 스위치를 눌러 원두를 갈았다. 사나흘 호퍼에 담겨있던 원두는 굵게 분쇄해서 냉장고나 화장실에 두고 탈취제로 쓴다. 호퍼가 다 비워지자 새 원두 봉지를 뜯어서 붓고 다시 분쇄했다. 새로 분쇄한 원두를 템퍼에 담아 가볍게 템핑한 다음 추출했다. 크레마 풍성한 에스프레소가 샷잔에 내려졌다. 미리 골라놓은 머그컵에 뜨거운 물을 담아서 갓 내린 에스프레소를 섞었다. 진한 커피향이 신경안정제라도 되는 듯 도화에겐 위안이 돼 주었다. 도화에게는 지난 사흘이 마치 한 생을 지난 것처럼 아뜩했다.

오래 전에 고향을 떠났던 도화는 두 번 다시 시루섬에 돌아오지 않으려고 마음먹었다. 고향은 그녀에게 우울과 상처뿐인 곳이었으니까. 하지만 눈을 감으면 늘 잿빛 바다로 가득하곤 했다. 어머니와 기석을 삼킨 바다가 그녀 가슴에서 영원한 그리움으로 출렁거렸다. 바다는 그녀에게 온통 눈물이고 그리움이었다.

"엄마!"

언제 내려왔는지 채목이 그녀 등 뒤에 서 있다.

"에구, 울 엄마가 이렇게 작았나? 엄마 뒷모습이 허기져 보여."

채목이 도화를 등 뒤에서 껴안는다.

"니가 배고픈 거겠지?"

"나 어렸을 때, 가끔 엄마한테 안기면 엄마가 몹시 허기져 있다는 느낌이 들었어. 왜 그랬는진 모르겠고 어린마음에 울 엄마가 지금 배가 많이 고프구나……, 암튼 그랬어. 그때 엄마한테서 전해지던 서늘하던 느낌이 뭐랄까, 말로는 표현할 수가 없어."

"배고프다. 밥 먹자!"

도화는 가늘고 보드란 채목의 손목을 식탁으로 끌었다. 뜸이 잘 든 밥을 공기에 퍼 담고 진하게 우려진 육수에 낙지를 넣고 마저 한소끔 끓인 연포탕을 냄비째로 식탁에 올렸다.

"낼부터 출근할 거니?"

"응, 일이 너무 밀렸어. 해양박물관에 다시 가봐야 하고 다음 주엔 중국 출장이야."

"몸 괜찮겠어? 며칠 더 쉬는 게 좋겠구만."

"나는 괜찮아. 중국 출장이 급해. 지금 닝보항에서 침몰선을 복원하는 중인데 그 준비상황 취재차 다녀와야 해. 머잖아 배가 복원되면 그

걸 타고 700년 전 뱃길을 항해한대. 닝보항을 출발해서 시루섬을 거쳐 최종 목적지인 일본 하카타에 무사히 닿는 거지. 시루섬에서 진혼제를 지낸다는 계획도 있어."

"설마 너도 그 배에 타는 건 아니겠지?"

"우리 팀이 단독취재를 맡았으니 당연히 타야겠지. 팀장님이랑 나랑 갈 것 같애."

"난 싫다. 위험해서 안 돼. 도대체 그런 걸 굳이 왜 한다니?"

"700년 동안 바다 깊이 가라앉았던 배가 떠오른 게 무엇을 뜻하겠어. 그 배는 그날의 약속을 지키고 싶었던 거라고. 죽음이 모든 것의 끝은 아니라고 봐. 배가 침몰하면서 차가운 바다에 수장된 가엾은 원혼들을 위로하는 일 또한 그 배를 찾아낸 우리들 몫이 아닐까?"

"너한테도 그런 감상적인 구석이 있었어?"

"전엔 아무 관심 없었는데 취재를 하면서 점점 파다보니 자꾸 그런 마음이 들어. 감상이라기보다는 숙제 같은 거라고."

그렇게 말하는 채목의 눈빛이 전보다 깊어졌다. 마냥 어리게만 여겼던 딸이 훌쩍 커버린 느낌이 들었다.

"참, 내일 병원에 들렀다 갈 거지?"

"물론, 내 생명의 은인님인데 뵙고 가야지. 엄마도 가?"

"곧 퇴원할 거래. 연락이 오면 그때 태우러 가지 뭐."

쾌영이 다시 섬에 돌아올 거라는 말을 하면서 도화는 저도 모를 안도감이 들었다.

"참, 그분 중국국적이래. 직접 말을 안 하니 그냥 모른 척하자."

"진짜야? 우리말 디게 잘하던데?"

"아저씨가 조회해봤대. 한국에서 대학을 다녔나봐."

"와, 감쪽같어. 근데 왜 속였을까?"

"속인 게 아니라 말을 안 했을 뿐이겠지."

"뭐, 그럴 수도……. 참, 혹시 내 목걸이 못 봤어? 그날 목에 걸었는데 안 보여서."

"그걸 잃어버렸니?"

"그런 거 같어. 아무리 찾아봐도 안 보여."

"잘 찾아봐. 너를 지켜준 목걸이잖아."

"목걸이가 지켜준 게 아니라 울 아빠가 지켜준 거야."

"……."

도화는 묵묵히 밥을 먹는다. 채목이 잠시 물을 가지러 간 사이 식탁에 올려 둔 휴대폰이 울렸다. '박석주 교수님'이라고 휴대폰 액정에 발신인이 뜬다.

"얘, 전화! 박석주 교수님?"

채목이 후다닥 달려와 휴대폰을 집어들더니 창가로 옮겨가 전화를 받는다.

"아, 교수님! 네. 괜찮습니다. 어제 퇴원했어요. 네에……."

전화 받는 채목의 목소리가 어찌나 나긋나긋한지 살짝 얄밉기까지 했다. 통화가 끝나기를 기다리던 도화는 박석주라는 이름이 낯익어 고개를 갸웃거렸다. 박석주! 도화는 그만 숟가락을 떨어뜨렸다. 거푸거푸 물을 넘기는데 물잔을 든 손이 바들바들 떨렸다.

"감사합니다. 네, 네에."

전화를 끊고 잔뜩 상기되어 식탁으로 돌아온 채목에게 도화가 굳은 표정으로 물었다.

"지금 통화한 그 사람 누구니?"

"박석주 교수님이셔. 해양박물관에 계시는……."

"박석주?"

"아, 엄마도 그분 알겠다. 교수님이 엄말 아신댔어. 외할아버지도 아시고."

"너, 사고 나던 날 목포서 그 사람 만난 거니?"

"응."

"니가 그 사람을 왜 만나?"

"왜는, 일 때문이지."

"근데 이 시각에 전화는 왜……."

도화는 더는 말을 잇지 못한 채 화를 누르느라 거칠게 숨을 내쉬었다. 눈자위가 충혈되고 얼굴도 시뻘겠다. 엄마의 이런 모습이 채목은 낯설었다.

"너어, 그 사람 다신 만나지 마!"

"교수님이 이번 프로젝트를 총괄하시는데 어떻게 그래?"

"글쎄 만나지 말라니까!"

도화는 마음을 겨우 가라앉히는가 싶더니 다시 소리를 빽 질렀다.

"도대체 왜 그러는지 말해봐. 교수님 좋은 분이셔. 엄청 자상하시고……."

"자상하다고? 그 인간이?"

"그래, 엄마도 한번 만나보면……."

"서채목! 너, 미쳤구나!"

"아, 엄마아!"

ㄱ

ㅣ

삐비꽃

집으로 돌아가는 길가 둔덕에 삐비꽃이 흐드러졌다. 도화는 삐비꽃을 볼 때면 하염없는 아쉬움이 고개를 쳐들었다. 배동 오른 삐비순을 채 뽑아먹지 못한 채로 우르르 하얗게 세어버린 게 속상해서였다. 학교 마치고 돌아올 때마다 친구들과 저 둔덕을 기어오르며 삐비순을 쑥쑥 뽑아 한 줌씩 나눠 쥐곤 하나씩 벗겨서 달큼하고 보드라운 속살을 질겅질겅 씹어 먹곤 했었다. 배고플 때 뽑아먹던 삐비순은 생각만으로 침을 고이게 했다. 도화랑 이 길을 오가며 국민학교와 중학교를 졸업한 친구들은 모두 섬을 나갔다. 목포나 광주에 있는 고등학교에 진학한 친구도 있지만 대부분의 여자애들은 대도시 공장으로 갔다. 도화는 중학교를 졸업하고도 섬에 남아야 했다. 몸이 안 좋은 아버지를 홀로 두고 섬을 나갈 수가 없어서였다.

학교에서 집까지는 도화 걸음으로 한 시간 남짓 거리였다. 친구들과 다닐 때는 그렇게 멀게 느껴지지 않던 거리가 그녀 홀로 다니려니 멀기만 했다. 중학교 마치고도 그대로 섬에 눌러 있게 된 도화에게 모교 행정실장이 사환자리를 만들어줬다. 학교에서 자잘한 심부름을 하면서 남는 시간에 책을 보거나 공부를 계속 할 수 있었다.

아버지 그물에 도자기가 올라오고 난 뒤로 마을이 벌집을 쑤셔놓은 것 같았다. 오래 전부터 검생이 앞바다에서 그릇이 올라온다는 말이 있었다. 어부들은 그물에 올라온 그릇을 도로 바다에 던져버렸다. 굴껍데기가 닥지닥지 붙어 있거나 깨져서 쓸모없는 것들이 대부분이었다. 어쩌다 멀쩡한 게 올라오면 집에 들고 와서 개밥그릇이나 요강으로 썼다. 재수 없는 그릇이라고 바위에 던져 깨버린 것도 많았다. 고깃배가 닿는 만들선착장 부근 바위에 도자기 파편이 수북하게 쌓여 있었다. 어느 날 아버지 그물에 올라온 도자기는 아무리 봐도 예사 물건이 아니었다. 푸른 빛이 돌았고 목이 길쭉하며 아랫부분이 둥글었다. 아버지는 도자기를 군청에 신고했다. 예상대로 그 물건은 14세기 중국 용천요에서 만든 청자화병이었다. 그날 이후 아버지는 파출소와 면사무소 등지로 매일같이 불려갔다. 그뿐 아니었다. 문화재관리국 사람들이 몰려와 집안을 뒤지기도 하고 몰래 아버지 뒤를 캐고 다녔다. 어느 날 난데없는 엿장수가 섬에 들어와 엿을 팔러 다녔다. 나중에 알고 보니 그들은 변복한 형사들이었다. 엿이랑 그릇을 바꿔준다고 하면서 도굴꾼들을 색출해 잡아갔다. 조용하기 그지없던 마을이 흉흉해지기 시작했다. 아버지 몸이 저리 된 것도, 도화가 섬을 나가지 못하게 된 것도 모두 그 망할 도자기 때문이었다.

'못생긴, 그깟 게 뭐라고!'

언덕배길 하나 넘어서자 바다가 보였다. 도화는 바다를 향해 중얼거렸다. 오늘도 군함이 늘 있던 그 자리에 섬처럼 떠 있고 바지선이 군함 주위로 방석처럼 깔려 있다. 다시 인양작업이 시작된 것이다.

해가 지고 있었다. 도화가 사는 검생이마을은 시루섬 서쪽 끝에 있다. 앞시루섬에서 떠오른 해는 뒷시루섬 검생이마을 바다에 빠졌다. 해질녘이면 바다와 하늘이 한 몸으로 붉었다. 어디 바다와 하늘뿐인가. 마을과 뒷산까지 붉게 타올랐다. 온통 붉은 그 속에 코를 대고 킁킁 노을의 냄새를 맡아보았다. 노을에서 어머니 냄새가 났다.

'빠앙!'

바로 그때였다. 흙길에 뿌옇게 먼지를 내면서 시커먼 차 한 대가 으르렁거리며 도화를 위협했다. 놀란 도화는 그 자리에서 굳어버렸다. 운전석 차창이 내려지고 검정 선글라스를 낀 남자가 놀란 도화를 보더니 소리쳤다.

"어이, 너 검생이에 살지? 타라."

도화는 길 가장자리에 바싹 몸을 붙이고 남자를 쳐다봤다.

"아저씨 나쁜 사람 아니니까 걱정 말고 타라니까."

남자의 재촉에 도화는 등을 돌리고 서서 차가 지나가길 기다렸다.

"애야, 비켜줘서 고맙다!"

남자는 안 되겠는지 손을 흔들며 다시 차를 움직였다. 차 꽁무니에서 매연과 함께 뿌연 흙먼지가 일었다. 도화는 옷소매로 입과 코를 막으며 남자가 탄 차를 째려보았다. 그때 뒷좌석 차창이 열리면서 짧게 머리를 깎은 젊은 남자가 고개를 쏙 내밀더니 도화를 향해 손을 흔들어보였다. 붉은 노을 속 남자얼굴이 온통 불덩이였다. 도화는 그대로 두 발이 들러붙어 노을 속으로 차가 사라질 때까지 꼼짝할 수 없었다.

도화는 한참을 더 걸어서 집에 도착했다. 조금씩 짙어지는 어둠과 무릎께 하늘하늘 춤추는 삐비꽃이 갑자기 슬퍼보였다. 바다갈매기와 뒷산 산비둘기가 끼룩끼룩 구구구구 주고받는 소리도 구슬프게 들렸다.

"아가, 왜 이리 늦었냐?"

어스름한 마을 어귀에 아버지가 도화를 기다리고 서 있었다. 아버지를 보자 도화는 이유도 없이 눈물이 났다. 가뜩이나 작은 아버지 몸이 오늘따라 빗물에 흘러내린 담벼락마냥 앙상하고 위태해보였다.

"핵교에 일이 많았냐?"

"아뇨, 천천히 걸어왔어요."

"배고프재? 어여 들어가 밥 먹자."

아버지는 한 손에 딸의 가방을 받아들고 다른 손으로는 부러질 듯 얇은 등을 토닥거렸다. 또래 애들마냥 고등학교에 진학하지도 못하고 그렇다고 돈 벌러 도시로 나가지도 못한 채로 저 혼자만 섬에 남아 있는 걸 볼 때마다 안쓰러웠다.

"아가, 올해도 잠수부들이 우리 집 소마구창을 쓴다 해서 내줬다잉."

아버지는 외양간을 고쳐서 외지사람들에게 빌려주고 돈을 받았다. 방 한 칸에 헛간 한 칸의 흙집이었다. 헛간에 소를 키우면서 도일이 뭍으로 나갈 때까지 거기 딸린 방을 썼다. 도일이 하숙비로 누렁소를 팔아버린 뒤로 줄곧 헛간도 비어 있었다. 쇠죽 끓이는 아궁이만 달랑 놓인 헛간바닥에 시멘트를 발라 부엌을 자그맣게 만들었다. 흙벽을 뜯어내고 벽돌을 쌓고 시멘트를 발라 제법 깔끔한 문간방이 되었는데도 아버지는 그곳을 입에 밴 그대로 소마구창이라고 불렀다.

"그 사람들이 아까침에 막 들어왔어야. 긍게 놀라지 마라잉?"

"네."

도화는 집에 오는 길에서 본 검정색 차를 떠올렸다. 차창 밖으로 얼굴을 내밀던 짧은 머리도 함께 떠오르며 가슴이 두방망이질을 시작했다. 도화와 기석의 첫 만남이 그랬다.

도화네 문간채에서 젊은 잠수부 셋이 지냈다. 검정차를 몰며 도화에게 말을 걸었던 검정 선글라스를 쓴 이가 박 교수였다. 그 당시에는 팀장이었다. 박 교수는 음식솜씨 좋은 복동어매네서 묵었다. 시루섬에 남아도는 빈 방과 마을회관과 교회까지 외지인들로 들어찼다. 적막하던 검생이마을이 명절처럼 북적거렸고 한편으로는 뒤숭숭해졌다.

시루섬 어디든 물이 부족했다. 도화네 뒤란에 우물이 있지만 여름에는 자주 말라버려서 동네 공동우물을 떠다 써야 했다. 도화는 아침에 일어나면 가장 먼저 우물에서 물을 길어온다. 양동이에 물을 담아 머리에 이고 서너 번은 왕복해야 부엌에 있는 커다란 항아리를 채웠다. 밥을 짓고 설거지를 하고 세수를 하고 학교에 가려면 아침이 늘 바빴다.

하루는 도화가 아침 일찍 나갔는데 양동이가 보이지 않았다. 부엌 안팎으로 다니며 양동이를 찾고 있었다. 그때 어슴푸레한 대문 앞에서 양동이를 들고 오는 기석이 보였다. 양동이에 물이 철철 넘쳐 그의 옷자락과 발을 다 적셨다.

"비켜요! 비켜!"

기석이 소리치며 마당을 가로질러 부엌으로 들어가더니 커다란 항아리에 물을 부었다.

"씻으러 나간 김에 떠왔어."

이렇게 말하고는 양동이를 내려놓고 젖은 바지자락을 털며 아래채로 들어가버렸다. 기석은 매일같이 우물물을 길어다 도화네 부엌 물항아리를 채웠다.

유물을 인양하는 동안 검생이 앞바다에서 조업이 일체 금지되었다. 고기잡이를 해서 생계를 잇는 이 마을 어부들은 당장 먹고 사는 일이 걱정이었다. 힘깨나 쓰는 장정들은 일당벌이로 도시에 나가는가 하면 염전을 빌려서 소금을 내기도 했다. 그나마 굴을 따거나 조개를 줍는 건 허용되었다. 학교 쉬는 날에 도화는 근처 갯바위에서 굴을 따고 소라를 줍고 조개를 캤다. 백사장 모래를 살짝만 파도 어른손바닥만 한 백합이 나왔다. 백합을 주워다 바위 위에 얹어놓고 차돌로 내리치면 단단하던 껍데기가 깨진다. 깨진 껍데기를 열어 그 안에 든 짭짜름하고 싱싱한 조갯살을 꺼내 먹었다. 백합이 커서 한두 개만 먹어도 뱃속이 든든했다. 도화는 어머니에게 굴 따는 법도 배웠다. 어머니는 굴을 '꿀'이라고 했다.

"아가, 배고프냐. 요놈 좀 먹어봐라잉."

어머니는 도화에게 갓 딴 생굴을 집어 입에 넣어주었다. 짭조름한 굴은 진짜 꿀처럼 달콤했다. 어머니의 대바구니는 굴과 낙지, 파래와 김이 가득했다. 도화는 옆에 있는 대바구니를 어루만지다 눈시울이 뜨거워졌다. 아직도 도화는 어머니의 죽음이 믿기지 않는다. 바닷가 어딘가에 쭈그리고 앉아 굴을 따고 파래를 걷고 물이 든 갯벌을 누비며 낙지를 잡고 있을 것만 같다. 눈물 그렁한 눈을 들어 멀리 바다를 바라봤다. 그때였다. 바다 한가운데에서 누군가 도화를 향해 손을 흔들었다.

"엄마?"

도화는 눈물을 닦으며 벌떡 일어나 그를 응시했다. 새까만 잠수복을 입은 기석이었다. 기석을 향해 손을 흔들던 도화는 순간 부끄러움에 털썩 주저앉았다. 조새로 가슴을 쪼는 것처럼 콩콩거렸고 귓불까지 벌개져선 주섬주섬 대바구니를 챙겨들고 허겁지겁 돌아왔다.

그날도 도화는 학교에서 일을 마치고 돌아오는 길이었다. 해가 많이 길어졌다. 퇴근길인데 햇살이 아직 짱짱했다. 월급날이라 면에 들러서 밀가루 한 봉지와 빨래비누를 사고 식육점에서 돼지고기도 한 근 샀다. 연쇄점 앞을 지나다가 잠시 망설였다. 맹꽁이신발이 해져서 발가락이 금방이라도 튀어나올 것 같았다. 외상으로 달아놓은 아버지 약값을 떠올리고는 몸을 돌렸다. 양손에 짐 보따리를 든 발걸음은 더디기만 했다. 이마와 등줄기에 땀이 흘러내렸다. 신발바닥이 닳아서 자갈길을 걸을 때는 찌릿찌릿한 통증이 느껴졌다. 중간쯤 오다보면 길모퉁이에 소담한 산목련나무 한 그루가 서 있다. 꽃은 벌써 지고 어느 새 연초록 그늘을 드리운 산목련나무 아래에서 땀을 식히며 잠시 쉬어 가기로 했다. '빠앙!' 소리에 깜짝 놀라 뒤를 돌아보았다. 박 교수 차였다. 도화는 재빨리 등을 돌린 채 차가 지나가길 기다렸다.

검은 색 차는 도화가 앉은 나무그늘 아래 바짝 멈춰섰다. 운전석 차창이 스르르 내려오고 기석이 얼굴을 쑥 내미는 것이었다.

"타라!"

도화는 두 눈이 커다래졌다.

"얘, 무겁겠다. 얼른 타라니까."

도화는 어쩔 줄 모른 채 계속 서 있었다. 기석이 차문을 열고 내려서 도화 손에 든 짐을 뺏어 뒤칸에 싣고 조수석에다 도화를 밀어넣었다.

"거 참, 꼬맹이가 고집 세네."

차는 비포장도로를 달리기 시작했다.

"심부름 나왔다가 들어가는 길이야. 마침 잘 만났네."

도화는 아무 말도 못하고 앞만 봤다. 얼굴은 시뻘개져서 마치 화난 사람 같았다.

"야, 너 화난 건 아니지?"

기석이 차창을 살짝 내리면서 눈치를 살핀다.

"저 학생 아닌데요."

"학교 다니잖아?"

"학교엔 일하러 가요."

"아하, 내가 말 놔서 기분 나쁘구나? 그래도 내가 너보다 다섯 살 많으니까 말 놔도 되잖아. 안 그래?"

기석은 도화 나이를 정확히 알고 있었다.

"이런 섬에서 친구도 없이 외롭진 않냐?"

"언젠가는 여길 나갈 거예요."

도화가 혼잣말처럼 대답했다. 기석은 흘끔 도화 표정을 살피면서 말했다.

"야, 시간 남는데 우리 섬 한 바퀴 돌아볼래?"

"……."

도화도 싫지는 않았다. 어차피 집까지 걸어가려면 한 시간 남짓 걸릴 테니까. 기석은 왼쪽으로 핸들을 경쾌하게 돌렸다. 앞시루섬에 가볼 셈이었다.

시루섬이 본래 두 개의 섬이었다. 앞시루섬과 뒷시루섬이 따로 떨어져 있었는데 둘 사이에 둑을 쌓아 바닷물이 들지 못하게 막은 것이다. 이렇게 간척으로 생긴 백만 평 넘는 갯벌을 염전으로 개간했다. 시루섬 간척사업은 한국전쟁으로 내려온 피란민들을 정착시키기 위한 정부시책이기도 했다.

도화는 앞시루섬에 한번 가본 적이 있다. 중학교 때 단짝이던 친구 봄이가 거기 살았다. 봄이네 집은 염전을 가로질러 가야 했고 고개도 하나 넘어야 했다. 가깝다는 봄이 말만 믿고 따라갔다가 한밤중에 집에 돌아와서 아버지한테 혼쭐이 났었다. 앞시루섬은 검생이와는 또 다른 느낌이었다. 같은 섬인데도 논밭이 꽤 있었고 거기 바다는 나직하고 잔잔했다. 봄이 어머니가 내주신 고구마를 먹었고 펄벅의 소설을 빌려왔다. 봄이 아버지는 앞시루섬에 있는 국민학교 선생님이었다. 기와집 두 채가 본채와 사랑채로 나란히 있고 마당이 넓었으며 푸른색 페인트칠이 된 대문도 있었다. 대문간에 있는 변소가 도화네 초가보다 넓었다. 봄이 집에는 책이 많았다. 책을 좋아하는 도화에게 책 한 권을 빌려

주겠다고 해서 가장 두꺼운 책을 골랐다. 봄이는 아버지의 영향으로 교사가 되겠다고 했고 공부도 잘했다. 결국 봄이는 중학교 2학년 때 광주로 전학했다.

"앞시루섬에 한번 가봤어요."

"오, 잘 됐군! 어디 길안내 좀 해봐."

"그때는 저기 염전 한가운델 질러서 산을 넘었던 것 같아요. 찻길은 잘 몰라요."

마침 그들이 탄 차가 염전과 바다를 가르는 둑길을 지나고 있었다. 기석은 둑길에 잠시 차를 세우고 차창을 열어 염전을 바라봤다. 둑길 오른쪽으로 바다가 출렁이고 왼편에는 백만 평이 넘는 태평염전이 끝이 보이지 않게 펼쳐졌다. 염전도 점점 사양길에 접어들었다. 봄부터 가을까지 소금꽃 수북이 쌓이던 염전의 반은 폐염되어 퉁퉁마디와 염생식물이 자라고 있었다. 지난해부터 중국산 소금이 밀려들면서 소금값이 폭락하자 소금농사도 시들해졌다.

"나도 섬에서 태어났어. 허사도라고. 시루섬처럼 외딴 섬이지."

"허사도는 처음 들어봐요."

"임마, 나도 시루섬은 이번에 알았어. 여기가 중국도자기 땜에 유명해져서 그렇지."

"둘 다 작아서 지도를 찾아봐도 안 보일걸요."

"신안에만 섬이 천 개가 넘는다더라. 내가 사는 섬이 세상 전부인 줄 알았는데 말이야."

"저한텐 아직 여기가 전부예요."

"그럴 테지. 아직은……."

차는 다시 움직였다. 열린 차창으로 바람이 들어와 그녀 머리카락을 쓸어 넘겼다. 머리카락에 가려졌던 이마가 훤히 드러났다. 봄볕에 가무잡잡하게 그을린 그녀 얼굴은 작고 갸름했다. 둥근 이마 선이 봉긋한 콧날을 지나 매끄러운 턱으로 자연스레 흘러내렸고 산초열매처럼 새까만 눈망울은 기석을 향할 때마다 수줍게 반짝였다.

"잠수하는 거 힘들진 않아요?"

"재밌어. 이래 뵈도 내가 해병대를 나왔잖아."

"위험해보여요."

"너어? 지금 날 걱정하는 거지?"

"아니에요! 그게 아니고……."

도화는 두 눈이 커다래져선 어느 새 귀불까지 벌게지고 말았다.

"에이, 농담이야."

도화는 울고 있었다.

"엄마를 바다에 잃었거든요."

"아……."

차안은 가벼운 침묵이 흘렀다. 둘이 탄 차는 봄이가 살던 동네를 지나고 둑방 반대쪽 염전을 지나서 선착장에 닿았다. 마침 여객선이 버지선착창을 향해 다가오고 있었다. 버지선착장 접안시설이 낙후되어 여객선이 부두까지 들어오지 못하고 뭍에서 20미터 정도 떨어진 곳에서 종선을 기다렸다. 종선이 되똥거리며 여객선에 다가가 바싹 붙으면 사람들이 조심조심 옮겨 탔다. 여객선은 다시 종점인 임자도를 향해 떠나고 종선은 여객선이 떠나면서 만든 파도에 밀려 아까보다 더 크게 되똥거리며 선착장으로 들어왔다.

"이제 그만 돌아가자."

넋 놓고 바다를 바라보던 기석이 시동을 걸었다. 돌아갈 때는 섬 뒤쪽으로 난 길을 달렸다. 염전을 지나고 면 소재지를 지나 검생이마을로 난 길이었다. 길은 어디든 울퉁불퉁 흙길이라 속력을 낼 수 없었다. 기석이 음악을 틀었다. 도화 귀에도 많이 익은 신나는 팝송이었다.

"너, 내 이름 모르지? 기석이야. 한기석!"

"……."

"니 이름은 알아. 서도화!"

기석은 이름 한 자 한 자를 제 가슴에 찍듯이 또박또박 불러주었다.

"도화 너, 앞으로 날 오빠라고 불러라. 알았지?"

도화는 고개를 끄덕거렸다. 마을이 가까워지자 도화는 어귀에서 내려달라고 고집을 피웠다. 차에 실린 짐은 그대로 두고 도화는 내려서 걸어가기로 했다. 기석은 그녀를 마을 어귀에 내려놓고 뿌연 흙먼지를 일으키며 달려갔다. 마을은 이미 불타는 노을에 잠겼고 낮과 밤의 경계가 흐릿해져가고 있었다.

그해 가을은 빠르게 찾아왔다. 가을이 되자 인양작업이 중단되었다. 인양작업이 중단된 동안은 침몰지점이 잘 보이는 곳에 설치된 감시초소에 감시원 몇이 배치되고 대부분 인력은 철수했다가 이듬해 날이 풀리면 다시 섬으로 돌아왔다. 박 교수를 비롯해 마을에 들어왔던 이들은 짐을 꾸려서 하나둘 떠나갔다. 도화네 문간채도 다시 비워질 것이다.

기석은 섬을 떠나기 전날 밤 도화를 바닷가로 불러냈다. 둘은 갯바위에 앉아 한동안 말없이 파도소리를 들었다. 밤바람이 맨살에 닿자 살갗이 쓰라렸다. 기석은 겉옷을 벗어 도화에게 걸쳐주었다.

"여길 나가게 돼서 한편으론 좋은데 또 한편으로는 아쉽다."

"공부도 계속 해야죠. 아직 학생이잖아요."

"너도 같이 나가면 안 될까? 목포 나가서 취직하면 되잖아."

"아버질 두고 나갈 순 없어요. 아직은……."

도화는 아주 담담히 말했다. 다시 이별이었다.

"보고 싶을 거야."

기석이 그녀 어깨를 조심히 끌어안았다. 그의 품이 따뜻했다. 기석이 그녀 입술에 입 맞추자 그녀는 어린 새처럼 몸을 작은 어깨를 파르르 떨었다.

"다시 올게. 기다리고 있어."

다음날 기석은 일행과 섬을 떠났다. 그리고 이듬해 봄 약속대로 다시 돌아왔다.

8

떠도는 소문

채목은 어려서부터 고집이 센 아이였다. 평소엔 밝고 고분고분하다가도 어쩌다 속이 틀어지면 입을 꾹 다물고 좀체 풀지 않았다. 한번은 무슨 일로 화가 났는지 문을 걸어 잠그고 뻗댔다. 도화는 이번 참에 채목의 버릇을 고칠 거라며 모른 척 밥을 굶기기로 했다. 저러다 배고프면 싹싹 빌고 나오겠지 했는데 결국엔 병원에 실려가는 지경에 이르렀고 도화는 그만 기함하고 말았다. 도화는 채목의 고집이 어쩌면 기석을 닮았을 거라고 생각했다. 채목이 속을 썩일 때면 자신에게 고집 한번 부려보지 못하고 떠난 기석을 떠올리며 순순히 받아주곤 했었다. 하지만 이번엔 달랐다.

도화와 말다툼 한 다음날 새벽에 채목은 시루섬을 나갔다. 단단히 골이 났다는 걸 보여주려는 듯 간다는 말 한마디 없이 가버렸다. 점심때를 넘기고 도화는 채목이 묵었던 방을 치우러 이층에 올라갔다. 방은 평소와 다르게 말끔했다. 마치 사람이 들지 않았던 방처럼 이불이며 베개가 반듯했고 방바닥에 어지럽던 머리카락도 보이지 않았다. 채목이 제 마음인 양 말끔히 정리해놓은 방을 보자 도화는 서운함이 더했다. 창문을 열어놓고 매트리스와 이불 커버를 벗겨서 세탁기에 넣었다. 세탁이 되는 동안 테이블과 바닥 먼지를 박박 닦았다. 겨울이라 민박손님이 들 일은 드물지만 그래도 항상 청소는 해놔야 했다. 방청소를 마치고 내려왔을 때 복춘에게서 부재중 전화가 와 있었다. 바로 전화를 걸었으나 '지금은 전화를 받을 수 없습니다'는 메시지가 돌아왔다.

도화는 외출 채비를 했다. 모처럼 면 소재지에 들러 생필품을 사고 밀린 공과금도 낼 참이었다. 두툼한 외투를 걸치고 목도리와 모자도 잊지 않았다. 그녀는 천천히 차를 몰아 면 소재지로 향했다. 눈 쌓인 들녘과 바다 위로 햇살이 쏟아지는 모처럼 잔잔한 날이었다. 차창을 뚫고 쏟아지는 볕살에 속아 저도 모르게 차창을 내렸다가 매운바람에 놀라서 바로 다시 올려야 했다.

사실 생필품이나 공과금은 핑계였고 속이 답답하고 머리가 지끈거려 바람을 쐬고 싶었다. 카페에 몸이 매어있다 보니 자연 외출할 일이 줄었다. 혼자 있는 시간이 많다보니 사람들과 만남은 점점 싱거워지고 몸을 움직이는 것도 귀찮아졌다. 한땐 여행하는 즐거움에 빠져 보름이나 한 달이고 가게 문을 닫고 발길 닿는 대로 떠돌기도 했었다. 지나고 보니 그 또한 살고자 하는 의욕이었다. 길에서 만나는 많은 것들이 그녀 눈빛과 가슴을 반짝이게 했으니.

바닷물이 빠져나가는 썰물때였다. 저만치 엎어놓은 소쿠리 닮은 무인도 하나가 튼실한 뿌리를 드러내고 있었다. 섬은 하냥 떠 있는 듯 보여도 물살에 흔들리지 않으려고 제 살을 깎아 저 아래 깊은 곳에 단단한 뿌리를 만들었다. 물이 빠지면서 소쿠리섬 앞 독살이 모습을 드러냈다. 그녀 아버지가 쌓은 독살이다. 아버지는 바닷물이 들고나는 나들목에다 돌담을 쌓아놓고 그 안에 든 고기를 잡았다. 찔레꽃 피면서부터 뻐꾹새울음 그칠 때까지 숭어, 민어, 갑오징어 철이라 아버지는 독살에 걸린 그것들을 망태 그득 담아 짊어지고 왔었다. 그 작은 어께에 묵직한 망태를 둘러매고는 만선을 이끌고 돌아오는 선장처럼 환히 웃음 짓던 아버지가 아직도 눈에 선했다. 지금은 돌담이 허물어진 채 오래 방치되어 물고기들의 놀이터가 돼 버렸다. 눈앞에 펼쳐진 갯벌 어느 곳 하나 부모님의 흔적이 남지 않은 곳이 없었다. 들녘은 눈으로 덮여 마늘밭인지 양파밭인지 분간을 할 수 없었다. 까마득한 시절 동무들과 미끄럼 타던 뒷산비탈에 쌓인 길눈이 햇살에 눈석임으로 스러지고 있었다.

도화는 면 소재지 농협은행 출장소에 들러 공과금을 내고 쾌영의 병원비로 지불할 돈을 찾았다. 그런 다음 생필품을 사러 출장소와 맞붙은 마트로 향했다. 예전 연쇄점이 있던 자리에 농협에서 운영하는 마트가 들어서고부터는 따로 읍내까지 물건을 사러 갈 일이 줄었다.

"어머, 오랜만이에요."

계산대에 앉았던 양자가 눈을 똥그랗게 뜨고 반겼다. 양자는 도화의 두 해 후배다. 그녀도 줄곧 도시에 살다가 시루섬에 다리가 놓이면서 들어왔다. 양자는 섬에 하나뿐인 약방집 외동딸이다. 섬에 보건소가 들어오면서 약방이 예전 같지는 않게 되었지만 그녀 부모님의 위세는 여전히 대단했다. 약방집 고명딸로 곱게 자라던 그 시절에 양자는 도시아이처럼 살결이 뽀얗고 긴 생머리에다 윤기가 흘렀다. 콧대가 어지간해서 도화가 모교 사환으로 있을 때는 아는 체도 안 하던 그녀였다. 두 번 결혼했다 두 번 다 이혼했다는 둥 사기결혼으로 자살소동을 벌였다는 둥 이 사람 저 사람 전해지는 소문은 하나같이 달라서 어떤 게 정답인지 몰라도 천하의 양자가 시루섬에 들어왔다는 사실만으로 섬 전체는 물론 동문들한테도 화젯거리였다. 그녀의 무성한 소문 뒤에 묻혀서 도화는 별 소리 없이 고향에 카페를 열 수 있었다.

"요샌 언니네 카페도 조용하지?"

"그래. 아주 고요하다."

양자는 심심하던 차에 도화를 만나 반가운지 입안에 든 껌을 질겅거리며 계속해서 말을 걸었다.

"참, 언니네 딸 괜찮아? 엊그제 다리에서 사고 났다던데?"

"어, 어제 퇴원했어."

"같이 탄 남자는?"

"어, 그 사람도 괜찮아. 곧 퇴원할 거야."

"언니, 근데 그 남자 누군데? 뭐하는 사람이래? 계속 언니네 이층에서 사는 거야?"

"누구긴? 민박손님이지. 여행 온 사람이고."

"그 남자 여기도 몇 번 왔었는데 좀 수상하더라고. 혹시 언니한테 관심 있는 거 아냐? 자꾸 이것저것 캐묻던데?”

“여행작가라 호기심이 많아서 그래. 곧 갈 거야.”

양자의 수다는 다음 손님이 올 때까지 계속되었다. 도화는 마트에 온 걸 후회했다. 생필품은 다음에 사기로 하고 우유만 하나 들고 나왔다. 뭔가 남은 일이 더 있다는 생각이 들었지만 서둘러 면 소재지를 빠져나왔다. 그녀는 곧장 카페로 가지 않고 차를 타고 섬 한 바퀴를 돌았다. 도로가 포장되고부터는 섬 한 바퀴를 도는데 삼사십 분이면 충분했다. 물이 빠지고 갯벌이 훤히 드러난 꽃섬 노둣길이 보였다. 무작정 노둣길을 향해 차를 몰았다. 마침 물때가 맞아서 꽃섬에 들어가 보기로 했다. 노두를 사이로 펼쳐진 겨울 갯벌은 적막하다 못해 황량했다. 모든 갯벌생물들은 겨울잠에 들었는지 생명의 움직임이라곤 찾아볼 수 없었다. 돌을 쌓아 만든 노두를 예전엔 걸어서 드나들었는데 시멘트포장이 되고부터는 차가 다닐 수 있게 되었다. 물때를 놓치고 무리하게 노두를 건너다 바닷물에 휩쓸려 죽는 일도 종종 있었다. 섬 안의 섬, 꽃섬에 들어서면 한층 더한 고립감이 느껴졌다. 꽃섬은 마음에 바람이 일어 감정이 술렁거릴 때 숨기 좋은 곳이었다. 꽃섬 깊숙한 바닷가에다 차를 세우고 차창을 살짝 열어 바람을 들였다. 바닷가 햇살 잘 드는 곳에 김을 말리고 있었다. 오랜만에 보는 해우건장이었다. 음악을 켜고 차 시트를 눕히고 그대로 눈을 감았다.

기석이 시루섬을 나가고 다시금 기나긴 겨울이 찾아들었다. 도화는 학교가 방학에 들어가면서 일을 쉬고 집에서 지내야 했다. 그렇다고 마냥 쉴 수만은 없었다. 동네어매들을 따라 해우건장에 일을 다녔다. 시루섬에서는 김을 해우라고 불렀다. 바다에서 해우를 채취해 잘게 잘라 물에 불렸다가 발에 펴 말려서 김을 만들었다. 모든 작업이 하나하나 손을 거쳐야 하니 도화 같은 어설픈 일손도 필요했다. 해우건장은 햇살 잘 드는 만들 모래사장에 있었다. 짚을 엮어 어른 키 높이로 세워놓은 건장에 젖은 해우 발을 꼬챙이로 줄줄이 고정시켰다가 마르면 걷어오는 게 그녀 일이었다. 칼날 같은 바닷바람에 장갑을 껴도 손가락이 부서질 듯 아렸고 자주 얼음이 들었다. 밤이면 아버지 양말에 날콩을 담아 거기에 얼음 든 손을 넣고 잠을 잤다. 자다가 무슨 기척에 눈을 뜨면 아버지가 오도카니 곁에 앉아 얼음 든 그녀 손가락을 어루만지며 눈물을 훔치고 있었다. 그렇게 긴긴 겨울이 가고 있었다.

봄이 되자 약속처럼 기석이 다시 그녀를 찾아왔다. 아버지는 문간채를 손질하고 신문지와 잡지를 얻어와 벽을 새로 발랐다. 도화는 기석이 오는 날 돌담에 핀 개나리를 꺾어다 빈 소주병에 꽂아 문간방에 넣어두었다. 기석은 하얀 운동화 한 켤레를 사들고 와서 도화 방 댓돌에 놓아두었다.

일이 없는 어느 날 둘이 꽃섬에 들어갔다. 그때는 노두가 울퉁불퉁한 돌길이어서 노두 앞에다 차를 세워두고 걸어 들어가야 했다. 도화는 그날 기석이 사준 하얀 운동화를 신었다. 뻘물 질펀한 돌길을 걷다보니 하얀 운동화는 금세 뻘흙투성이가 돼버렸다.

"괜찮아. 빨면 돼."

속상해하는 도화를 보고 기석이 웃으며 손을 잡아주었다. 그날 도화도 꽃섬은 처음 가봤다. 이름처럼 꽃으로 만발해 있을 줄 알았던 꽃섬은 그녀가 사는 시루섬보다 더 황량했다. 민물인지 바닷물인지 구분이 안 가는 긴긴 수로가 마을까지 이어졌고 수로에는 마른 갈대만 가득했다. 시루섬에 무성한 개나리조차 보이지 않았다. 양지바른 곳에 여남은 초가가 머리를 맞대고 옹기종기 모여 있었다. 마을을 지나고 반대편 바닷가까지 갔다가 다시 돌아왔을 때, 아뿔싸! 그들이 건너온 노두가 보이지 않았다. 이미 바닷물이 가득 들어와 눈앞이 찰방찰방했다.

"아, 어떡해!"

둘은 난감한 얼굴로 서로를 바라봤다. 물때를 미처 생각하지 못한 게 잘못이었다. 다음날이 돼야 물이 빠지고 노두를 건널 수 있다고 마을사람이 일러줬다. 둘은 어쩔 수 없이 마을에서 외떨어진 노두 초입에 있는 집 빈 방을 빌려 하룻밤을 보냈다. 그날 밤 도화는 기꺼이 기석을 받아들였다. 둘의 달큰한 살내와 문틈으로 들어온 갯내가 아롱아롱 버무려진 봄밤이었다. 아침에 눈을 뜬 도화는 새하얀 자리에 묻은 선혈자국에 부끄러워 어쩔 줄 몰랐다. 기석이 잠든 사이 찬물을 받아와 핏자국을 지워봤지만 얼룩은 더 번졌다. 하는 수 없이 이불로 덮어 가릴 수밖에 없었다. 아침을 먹고 가라는 인상 좋은 주인할머니의 성의도 뿌리치고 도망치듯 그 집을 나왔다. 둘이서 첫날밤을 보낸 그 집은 허물어졌고 어른허리께 되는 돌담만 아직 남아서 거기가 집터였다고 말해주고 있었다.

그렇게 눈을 감고 얼마나 지났을까. 지끈거리던 머리가 가라앉았다. 시트를 세우고 시동을 걸었다. 다시 물이 들기 전에 꽃섬을 빠져나가야 했다.

그날 저녁 무렵에 쾌영이 퇴원해서 시루섬으로 들어왔다. 아무 연락도 없이 들어온 그를 보고 도화는 한편으론 반가우면서도 미안했다.

"퇴원한다고 미리 알려줬으면 태우러 갔을 건데요."

"카페는 어쩌고요. 택시 타면 금방인데……."

쾌영은 웃어보였지만 한눈에 봐도 수척해보였다. 처음 이곳에 왔던 그날처럼 얼굴빛이 핏기 없이 파리했다. 쾌영은 이층에 올라가 옷을 갈아입고 다시 내려오더니 커피를 내려 달래서 천천히 마셨다. 잠시 후 쾌영은 차를 가지러 다녀오겠다며 카페를 나섰다. 도화는 냉동실에 넣어둔 낙지를 꺼내 찬물에 담가 해동시키고 찹쌀도 불렸다. 도화는 어릴 적 어머니가 끓여준 가마솥 낙지죽을 기억하고 있었다. 어머니는 집에 누군가 아프면 어김없이 낙지죽을 끓였다. 요즘은 전복을 다져넣기도 하고 불린 찹쌀을 참기름에 볶다가 끓이기도 하지만 그때는 오로지 찹쌀과 낙지로만 끓였다. 고소함은 덜하지만 깔끔하고 담백해서 도화는 옛날 방식을 더 즐겼다. 어머니를 떠나보낸 뒤 도화가 낙지죽을 끓여내면 아버지는 어머니 생각에 눈물을 보이곤 했다. 음식에도 추억이 배이고 그것이 얼마나 뜨겁고 진한지는 그때 처음 알았다. 적당히 불린 찹쌀을 주걱으로 저어가며 팔팔 끓이다가 낙지를 통째 집어넣고 한소끔 더 끓일 때쯤 쾌영이 돌아왔다.

"폐차해야 하나 걱정이었는데 아직은 더 타도 되겠어요."

쾌영이 차 키를 흔들며 웃었다. 도화는 낙지를 집게로 건져 먹기 좋은 크기로 잘라 죽그릇에 담았다.

"죽을 좋아하실지 모르겠어요. 낙지죽이 원기회복에 좋아요."

"이거 저한테 주려고 직접 잡으러 나간 건가요?"

"아, 아니에요. 전 낙지 못 잡아요."

도화는 당황한 나머지 얼굴이 확 붉어졌다.

"농담입니다. 죄송해요."

쾌영은 머쓱해져 사과했다. 붉은빛 도는 낙지죽을 휘휘 저어 한 숟가락 입에 넣었다. 처음 먹어보는 낙지죽이었다. 따로 간을 하지 않았다는데 낙지가 품은 소금기만으로 간이 맞았다. 바다향이 듬뿍 배었고 부드러우면서 고소했다. 쾌영은 도화를 향해 엄지를 치켜들어 보였다.

"참, 오전에 채목씨가 병원에 찾아왔어요. 다시 밝아졌더라고요."

"일찍 나가더니 거길 들렀군요."

채목을 떠올리자 도화는 다시금 마음이 무거워졌다.

"큰일을 같이 겪고 보니 저도 가족이 된 느낌이 들어요."

쾌영은 여전히 넉살이 좋았다. 며칠 새 그가 몰라보게 가까워진 것은 사실이었다. 유난히 적극적이고 붙임성 좋은 그의 성격도 한 몫을 했다. 뜨거운 죽을 먹느라 쾌영의 이마에 땀이 맺혔다. 도화는 쾌영에게 냅킨을 건네며 언제 섬을 나갈 건지 물으려다가 그만두었다. 당분간 카페 문을 닫고 쉬려던 마음을 바꿔 카페는 계속 열기로 했다. 일을 하면서 빠르게 일상으로 돌아가는 것도 괜찮을 것 같았다. 쾌영은 낙지죽 한 그릇을 말끔히 비우고 일찍 이층으로 올라갔다.

다음날도 쾌영은 일찍 내려와 난로에 불을 붙이고 청소를 도왔다. 도화가 빵을 굽는 동안 쾌영은 커피를 내렸다. 둘은 창가 은파 테이블에 마주 앉아 브런치를 먹었다. 그런 다음 쾌영은 차를 몰고 섬을 돌았다. 폭설이 있은 후로 며칠은 날이 따뜻해서 그런지 카페를 찾는 손님이 있었다. 눈 구경하러 섬에 들어오는 사람들이었다. 시루섬이 매스컴을 통해 알려지면서 한산한 겨울에도 섬을 찾은 이들이 하나둘 늘고 있다. 여행객들은 순례코스마냥 어김없이 그녀의 카페에 들렀다. 그들은 하나같이 카페를 배 모양으로 지은 이유와 700년 전 약속의 의미를 묻곤 했다.

오후에 카페로 돌아온 쾌영은 바쁜 도화를 도와서 커피를 내리고 손님을 맞았다. 아직은 더 쉬어야 한다며 도화가 말렸지만 듣지 않았다. 쾌영은 손님들에게 무척 살가웠다. 손님들이 쾌영에게 주인이냐고 물을 정도였다. 손님을 다 보내고 둘이 늦은 저녁을 먹었다. 쾌영이 이층에 올라간 뒤에 복춘에게서 전화가 왔다.

"그 중국남자 퇴원해서 들어왔재?"

"네. 어제 퇴원했어요."

"자네, 내 말 오해 없이 듣더라고잉."

"무슨?"

"그 친구가 섬 구석구석을 댕김서 해저유물이 어떻고 침몰된 배가 어떻고 함시렁 캐고 다닌다고 허네. 사고 나기 전에도 그러드만 오늘도 또 그러고 댕겼는가 보드라고. 자네 부친이랑 죽은 채목이 아버지에 대해서도 꼬치꼬치 캐묻고……."

"알고 있어요."

"자네 보기엔 수상한 디는 없던가?"

"수상하긴요. 그냥 궁금한 게 많은 사람인가 보죠."

"여그가 워낙에 좁은 디라서 쓰잘떼기 없는 소문이 좀 많은가? 젊은 남자가 여자 혼자 사는 카페에 오래 있다고 말들도 많은가 보드라고."

"그냥 민박손님이라구요. 일주일간 묵겠다고 했고…… 거의 다 돼가요. 곧 나갈 거예요."

전화를 끊고 보니 평소 그녀답지 않게 복춘에게 좀 퉁명스러웠다는 생각이 들었다. 곰곰이 복춘의 전화를 되새기는 동안 도화는 속이 영 편치 않았다. 시루섬에 들어와서 줄곧 평온하던 그녀 일상에 보이지 않는 균열이 생기는 것을 감지했다. 조금씩 균열이 쌓이다가 어느 순간 그녀 삶을 송두리째 흔들지 모를 거라는 근본을 알 수 없는 불안감에 가슴이 답답했다. 급기야 오목가슴께 통증이 느껴졌다. 모처럼 찾아온 익숙하던 통증이었다. 채목을 낳아 홀로 키우는 동안 자주 앓아온 화병이었다. 그때마다 도화는 술로 속을 가라앉히곤 했다. 그게 뿌리가 뽑힌 줄 알았는데 아니었다. 도화는 냉장고에서 맥주 캔을 꺼내 단숨에 들이켰다. 오랜만에 마시는 술이어서 취기가 빠르게 돌았다. 채목은 어제 그렇게 집을 나간 이후로 소식이 없었다. 그 길로 곧장 박 교수를 찾아갔을 거라는 생각이 들자 다시 울화가 치밀었다. 어느새 맥주 한 캔을 비우고 일어서다가 휘청했다. 그녀는 자리에 도로 주저앉아야 했다. 순간 울컥 설움이 차올랐다. 지독한 외로움이 짙은 불안과 합세하여 그녀 몸을 친친 휘감았다. 그녀는 울고 있었다.

"아직 안 주무세요?"

고개를 들자 언제 내려왔는지 쾌영이 앞에 서 있었다. 쾌영은 불그름하게 충혈된 그녀 눈을 봤지만 모른 척했다.

"이런 불이 꺼졌네요. 어쩐지 싸늘하더라."

쾌영이 난로화구를 열어 남은 불씨를 살려가며 불을 피웠다. 종일 달궈졌던 난로여서 금세 불이 붙었고 장작 타는 소리가 타닥, 탁, 탁…… 따뜻하게 들렸다.

"마침 저도 맥주가 생각나서 내려왔어요. 같이 마셔도 될까요?"

도화가 고개를 끄덕였다. 쾌영이 냉장고에서 맥주 캔을 두 개 꺼내왔다.

"책을 보다가 이제 그만 자야지 하고 시겔 보니 아직 초저녁이더라고요. 이곳은 시간이 제멋대로 흘러요. 어느 땐 쏜살처럼 빠르고 어느 땐 고여 있는 듯 이리 더디니……."

쾌영이 맥주 캔을 따서 도화에게도 한 캔을 건넸다.

"중국 백자 접시에 그런 느낌을 적은 시가 있죠."

도화는 크게 심호흡을 한번 하더니 조용히 시를 읊조렸다.

"흐르는 물은 그리도 급한데 깊은 궁궐은 내내 한가롭구나."

그러자 쾌영이 기다렸다는 듯 다음 구절을 읊었다.

"은근한 마음 붉은 잎에 실어 보내니, 인간세상으로 쉬이 흘러가기를."

"아, 그 시를 알고 있군요!"

"네. 어디선가 본 것 같아요."

"어디서요?"

"그건, 정확히는 잘 모르겠어요."

"바다에서 건져 올린 중국도자기 중에서 가장 눈에 띈 게 바로 그 백자접시였어요. 안타깝게도 다음 구절이 적힌 접시는 끝내 찾지 못했다는데……."

"찾지 못한 게 어디 그것뿐일까요?"

술기운 때문인지 쾌영의 눈빛이 살짝 흔들렸다.

"이봐요. 저한테 숨기는 거 있죠?"

"숨기는 거라뇨?"

"당신이 여기 온 이유요."

"여행에 특별한 이유가 있을까요?"

쾌영이 웃으며 말했지만 그녀 표정은 굳고 단호했다.

"말해봐요. 여기 온 목적이 뭔가요?"

"왜 그래요?"

"마을사람들한테 유물에 대해 캐묻고 다닌다고 들었어요."

"그건, 개인적인 일이에요."

"어떻게 그게 개인적일 수가 있나요? 저도 그 속에 들어 있는데!"

그때 쾌영의 목에 걸린 목걸이에 눈이 갔다. 채목의 목걸이였다.

"그 목걸이는?"

"아, 제 차에 있었어요. 차 수리하는 분이 주워서 콘솔박스에 넣어놨더군요."

"채목이 거예요"

"바로 돌려준다는 걸 깜박 잊었어요."

"믿을게요. 순순히 돌려만 주신다면요."

"저를 의심하시는군요."

"그쪽이 중국인이라는 것도 숨겼어요. 순수하게 여행만이 목적은 아니잖아요?"

"그래요. 하지만 생각하시는 것처럼 수상한 사람은 아닙니다. 제가 한국에서 오래 지냈고 굳이 국적을 밝혀서 미리 거리를 두고 싶진 않았을 뿐이에요. 나중에 말하려고 했어요."

"나중에 언제요? 여기서 일주일간 묵는다면서요. 낼모레면 여길 나갈 거면서 언제 말한다는 건데요?"

"저기, 그, 그러니까, 일이 이렇게 꼬일 줄 몰랐어요."

쾌영은 저도 모르게 말을 더듬었다. 꼬였다고 말한 건 잘못된 단어 선택이었음을 깨달은 순간 도화의 냉소가 터져 나왔다.

"그랬겠죠. 하마터면 사고로 죽을 뻔했고 차도 망가졌으니까. 그 부분은 충분히 배상해 드릴게요."

"그런 뜻으로 말한 게 아니에요. 그게 어떤 거냐면……."

평소엔 막힘없이 술술 말 잘하던 쾌영은 답답하리 만큼 버벅거렸다. 머릿속 생각들이 제대로 꼬여버린 듯했다. 차라리 입을 다물어버리는 게 낫다는 생각에 이르렀다. 도화는 혼잣말처럼 나직하게 입을 열었다. 그녀 목소리는 음울했고 습득된 절망 같은 게 배어 있었다.

"이곳은 좁아터진 곳이에요. 우물 속처럼, 너무 좁아서 별별 말들이 나돌아요. 억울한 소문도 금세 퍼져버리죠."

"저 때문에 많이 불편하시군요."

"네."

"내일 여길 나갈게요."

"그래주신다니 고맙군요. 그럼……."

도화는 뒤도 돌아보지 않고 방으로 들어가버렸다. 도화가 방에 들어간 뒤에도 쾌영은 카페에 홀로 남아 창밖 검은 바다를 응시했다. 난롯불은 꺼졌고 카페 안은 싸늘했다. 한밤중부터 눈바람이 다시 몰아쳤다.

9

고려여인 순이

해가 떴을 시각인데도 창밖은 여전히 어두웠다. 밤새 눈바람이 섬을 휘감았고 바다가 거칠었다. 쾌영은 바람소리에 잠을 설치다 새벽녘에 겨우 잠이 들었다. 알람소리에 눈을 뜨긴 했어도 몸을 움직일 수가 없었다. 그렇게 한참을 뒤척이다 일층으로 내려왔다. 눈바람은 그쳤지만 주차장에 세워둔 차가 눈에 덮여 형체를 알아볼 수가 없었다. 도화는 아직 카페에 나오지 않았다. 쾌영은 커피머신을 켜고 난로에 불을 붙였다. 미리 장작을 들여놓지 않아 눈 속에서 장작을 꺼내 와야 했다. 장작이 젖어서 불이 잘 붙지 않았다. 가스토치로 겨우 불을 붙이고 난 뒤 연기를 내보내기 위해 맞창을 열었다. 바람이 순식간에 몰려와 연기를 거둬갔다. 창문을 닫고 그라인더를 켜서 원두를 갈았다. 첫 번째 샷은 흘려보내고 두 번째 샷을 받아 뜨거운 물을 섞었다. 쾌영이 커피를 다 마실 때까지 도화는 나오지 않았다. 쾌영은 아침 일찍 떠날 참이었다. 눈바람이 쉬이 그칠 것 같지 않았다. 쾌영은 일주일 치 방세가 든 봉투와 목걸이를 카운터에 올려놓고 이층으로 다시 올라왔다. 짐을 마저 싸면서 어젯밤 도화가 눈물이 그렁해서 되묻던 말을 떠올렸다.

'여기 온 목적이 뭐죠? 당신 누군가요?'

쾌영은 중국 항저우에서 나고 자랐다. 그의 부모는 항저우에서 고려옥이라는 식당을 운영했다. 본래 조상대대로 농사를 짓는 평범한 집안이었는데 쾌활하고 활동적인 그의 어머니가 들어와서는 식당을 열었다. 어머니의 음식솜씨가 특별히 좋은 것이 아닌데도 식당은 번창했다. 동파육과 탕추리지와 양갈비찜 같은 육류요리가 메인메뉴고 된장찌개나 소고기국이 따라 나오는 흔한 식당이었다. 그럼에도 고려옥에 손님이 몰리는 건 대대로 내려오는 이 집안의 독특한 장맛이라고들 했다.

쾌영이 열다섯 무렵이었다. 식당이 번창하면서 그의 부모는 대대로 살아오던 옛집을 팔고 번화가에 새 건물을 지어 이전하게 되었다. 이삿짐을 싸던 중에 쾌영은 옛집 창고 깊숙한 곳에서 먼지를 뒤집어 쓴 나무상자 하나를 발견했다. 상자 안에는 금방이라도 바스러질 것 같은 서책 한 권이 들어 있었다. 서책을 싼 듯 친친 동여맨 천은 삭아서 훼손된 거미줄 같았다. 서책은 앞쪽 몇 페이지를 제외하고는 글자를 알아보기 힘들었다. 책장끼리 들러붙어서 굳어버린 상태였다. 책장을 뜯어내려 하자 가루가 되어 이내 바스러졌다. 쾌영은 상자에서 나온 서책을 부모님께 보였지만 새로운 상가로 이전하는 일로 들뜬 그의 부모는 대수롭지 않게 말했다.

“우리 조상 중에 고려여인이 있었다는 얘기를 너희 할아버지한테서 들은 적이 있다. 궁녀로 끌려와서 어려움에 처한 걸 구해줬다더구나. 지금 와서 그런 게 무슨 상관이겠니. 너무나 오래 되어 그렇게 다 삭아버렸는걸.”

쾌영은 서책을 조심스럽게 펼쳐보았다. 서책은 고려여인이 쓴 일기였다.

至治三年六月九日(지치삼년유월구일)

하늘빛이 흐려집니다. 당신은 무사하시겠지요. 태중의 아이와 저는 평안합니다. 매일매일 당신의 무사무탈을 천지신명께 기도합니다.

至治三年六月十五日(지치삼년유월십오일)

시박사로부터 청천벽력 같은 소식을 들었습니다. 저는 절대 그 말을 믿지 않습니다. 아버님은 크게 상심하시고 다시 자리에 누우셨습니다.

至治三年七月二十日(지치삼년칠월이일)

저는 순산을 했습니다. 당신 닮은 아들입니다. 허나 아버님이 위중하십니다. 관에서는 원추선 사고 책임을 아버님에게 씌우려고 합니다. 제발이지, 당신이 무사히 돌아오리라 믿습니다.

지치삼년이면 1323년이었다. 무려 700여 년 전 기록이었다. 일기서두에 여인이 적은 듯한 오언절구 한시漢詩 한 편이 희미하게 보였다. 종이는 삭을 대로 삭았고 글자는 바래 간신히 두 구절만 알아볼 수 있었다.

殷勤謝紅葉 好去到人間

(은근한 마음 붉은 잎에 실어보내니 인간세상으로 쉬이 흘러가기를)

쾌영이 그 한시를 이해하기엔 아직 어린 나이였지만 바랜 글자가 금방이라도 사라져버릴 것만 같아서 읽고 또 읽었다. 날짜가 찢겨져나간 어느 페이지에는 또 이렇게 적혀 있었다.

'언제까지나 당신을 기다릴게요. 죽어서라도 다시 만날 거라는 그 약속을 저는 믿어요.'

쾌영은 그 무렵 한국의 서해 앞바다에서 중국 원나라 무역선으로 추정되는 침몰선을 인양했다는 신문기사를 보았다. 침몰선의 출항지가 항주에서 가까운 닝보였고 목간에 적힌 출항일이 지치삼년이라고 했다. 기사를 읽어 내리던 쾌영은 그만 숨이 멎는 듯했다.

그 후 상해대에서 경영학을 전공한 쾌영은 한국으로 유학을 왔다. 그가 경영학을 전공한 것은 순전히 부모님의 뜻이었다. 본디 그는 인문학에 관심이 많았으나 한국에 오기 위해서는 부모님의 뜻을 따라야 했다.

쾌영은 고려옥 단골이던 한국유학생에게 일찍이 한국어를 배웠고 그 덕분에 유학생활은 순조로웠다. 한국에서 공부하는 동안 쾌영은 국립중앙박물관을 수차례 찾아갔다. 시루섬에서 인양한 유물 대부분은 국립중앙박물관으로 옮겨놓았다. 송원대 도자기와 각종 장식품과 생활용품 등 엄청난 양의 유물이 보존처리를 통해 복원 중이었다. 쾌영은 전시된 유물을 하나하나 꼼꼼하게 살폈다. 행여 그것들 중에서 고려여인과 그 남편의 흔적을 발견할 수 있기를 바랐지만 무엇 하나 찾질 못했다. 침몰선 선체는 훼손이 심해서 복원이 더 오래 걸릴 거라고 했다.

쾌영이 유학생활을 마칠 즈음, 목포해양박물관에서 침몰선 선체 조각을 복원하여 전시한다는 소식을 들었다. 비록 선체 조각일망정 쾌영은 그것을 꼭 보고 싶었다. 쾌영은 출국을 미루고 곧장 목포로 향했다. 한국에서 여러 해를 지내면서 목포라는 도시는 처음이었다. 목포는 한국의 남쪽 끝 작은 항구도시로 지도를 보았을 때 항저우와도 많이 가까웠다. 쾌영이 나고 자란 항저우도 항구도시여서 그런지 목포로 가는 내내 설렜다. 목포여객터미널에서 시루섬에 들어가는 배편이 있었다. 시루섬까지는 뱃길로 세 시간 정도 걸렸다. 쾌영은 목포에 내려간 김에 시루섬에도 들어가보기로 마음먹었다.

그가 목포터미널에 내렸을 때 시간이 멈춘 으슥한 뒷골목에라도 들어선 듯 첫인상이 칙칙했다. 하늘을 뒤덮은 먹구름 때문에 더 그랬을지 모른다. 듬성듬성한 건물도 거리의 간판도 사람들 표정까지 흑백영화 속 배경처럼 바랬다. 오히려 그래서 더욱 친근했고 다행이었다. 시간을 확인한 쾌영은 서둘러 택시를 타고 목포해양박물관으로 향했다.

"아!"

목포해양박물관 이층 전시실에서 뼈대만 남은 침몰선을 만난 그 순간 쾌영은 저도 모르게 탄성을 내놓았다. 14세기 원나라 선박을 한국의 작은 항구도시에서 만났다는 사실이 생경하거니와 믿어지지 않았다. 배의 명칭은 인양된 곳의 지명을 따서 신안선이라고 붙였다.

'이 배는 원추선입니다!'

쾌영은 목구멍까지 밀려오는 이 말을 꾹꾹 다져넣었다. 좀 더 결정적인 증거를 찾은 다음에 세상에 알리기로 했다. 박물관 입장마감이 임박한 시각이라 전시장을 제대로 살펴보지 못하고 바로 나와야 했다. 박물관을 나온 쾌영은 목포여객선터미널로 향했다. 시루섬에 들어가는 배 시간을 알아봐야 했기 때문이다.

하필이면 쾌영이 목포에 닿던 날 저녁에 태풍주의보가 내려졌다. 쾌영은 여객터미널 부근 여관에서 묵으면서 바다가 잔잔해지길 기다렸다. 태풍은 빠르게 항구도시를 훑고 지나갔다. 이튿날 오후에 바람이 잦아들자 저녁을 먹으러 횟집과 포장마차가 늘어선 선창가로 나갔다. 비바람은 잠잠해졌지만 태풍이 할퀴고 간 상처가 선창가 곳곳에 널려 있었다. 유일하게 문이 열린 횟집이 보여 거길 들어갔다. 어깨가 구부정하고 팔다리가 앙상한 주인남자가 담배를 물고 있다가 쾌영을 보더니 난처한 표정을 지었다. 남자는 담배를 쥔 손가락으로 바닥이 드러난 수조를 가리키며 딱 해물찌개 하나만 된다고 했다. 쾌영은 괜찮다고 했다. 쾌영이 테이블에 앉아 기다리는 동안 남자는 주방에서 해물찌개를 준비했다. 남자는 성이 박씨라고 했다.

"태풍주의보에 발이 묶였는갑지라이?"

"네에."

"어딜 들어갈라고라이?"

"시루섬이요."

"아따, 그라요? 내 고향이 시루섬인디요. 거그는 뭣하러 갈라고라이?"

"중국무역선이 난파되었다가 인양된 곳이라고 해서 가보려고요."

"니미, 그거라면 가지 마쇼. 거그 가봐야 암껏도 없어라이. 시벌 것들이 딱딱 긁어 갖고 서울로 다 들고 가버렸당게요."

해물찌개가 끓는 동안 박씨는 수조에 유일하게 남았던 산낙지 한 마리를 선심 쓰듯 쑥 내밀었다. 쾌영이 꿈틀대는 산낙지를 보고 기겁을 하자 도마에 얹어놓고 식칼로 잘게 탕탕 쳐서 다시 내왔다. 난자당한 낙지가 한 덩어리로 꾸무럭거렸다. 쾌영은 원래 날것을 먹지 못했다. 결국 낙지탕탕이는 박씨의 술안주가 되었다.

"넘들은 보물, 보물 하는디라, 거그 사람들한티는 보물이 아니라 애물이어라이. 암, 애물이재! 그 애물단지 아녔으면 나도 안즉 거그서 안 나왔지라이. 중국도자기 땜시러 섬마을이 아조 난리도 아니었지라이."

소주 한 병을 다 비우도록 박씨 넋두리는 계속되었다.

박씨는 젊은 시절 시루섬 해저유물을 지키는 초소감시원으로 일했다. 시루섬에서 보물선이 발견되었다는 소문이 퍼지면서 도굴꾼이 극

성이었다. 간 큰 도굴꾼들은 잠수장비를 동력선에 싣고 와서 순식간에 유물을 건져가기도 했다. 감시초소는 침몰지점이 내려다보이는 산비탈에 설치되었는데 침몰지점까지 직선거리로 2킬로미터밖에 되지 않았다. 또한 시야가 탁 트여서 도굴선이 나타나면 한눈에 발견할 수 있는 곳이었다. 바다에 뭔가 수상한 낌새가 보이면 감시원이 사이렌을 울리고 무전을 쳤다. 그러면 해경이 바로 달려와 인근을 수색했다.

한 달에 보름 근무하면서 감시원 월급이 고작 구만 원이었다. 그것마저도 육칠 개월씩 밀리기 일쑤였다. 그래선지 감시원들은 유혹에 넘어가기가 쉬웠다. 실제 인양작업 초창기에 초소에서 근무하던 감시원 둘이 도굴범들과 작당해서 유물을 빼돌리다가 붙잡힌 일이 있었다. 그 때문에 감시원들의 감시 또한 살벌했다. 박씨도 도굴꾼의 유혹에 시달린 적이 있었다. 군청공무원 하나가 박씨를 찾아와 범행을 모의하려고 했었다. 박씨는 단칼에 이를 거절했다. 결국 그 공무원은 마을의 평범한 청년을 꾀어 도굴을 시도했고 청년은 물에 들어갔다가 질식사하고 말았다.

시루섬 사람들은 유물선을 '귀신 붙은 배'라고 불렀다. 어민들이 어장을 잃고 빚더미에 눌리기도 했으며, 그 바람에 고향을 등진 이들도 많았다. 툭하면 사고가 나고 사람이 죽어나니 귀신 붙은 배라고 부를 만도 했다.

말도 많고 탈도 많은 인양작업이 어느새 마무리 단계에 접어들던 즈음이었다. 그동안 묵묵히 초소근무를 선 박씨는 목포 유물선 보존처리장 직원으로 취직하기로 약속이 되어 있었다. 이력서와 서류를 내고 출근할 날짜만 기다렸다. 박씨는 꿈에 부풀어 더욱 성실히 경계근무를 섰다. 이윽고 작업이 종료되던 날 박씨는 홀가분한 마음으로 마을에 내려가 막걸리와 수육을 먹으며 내일이면 섬을 떠나는 이들과 회포도 풀었다. 바로 그때였다. 박씨와 함께 초소근무를 서는 동료 하나가 급히 마을로 뛰어내려오며 소리쳤다.

"바다에 도굴선이 떴어라이!"

박씨는 부랴부랴 초소로 돌아갔으나 도굴선은 이미 도망간 뒤였다. 전문 도굴단이 민간잠수부와 손잡고 유물을 빼돌리려다가 젊은 잠수부 하나가 실종되고 도굴선은 놓친 사건이었다. 그날 그들이 건져 올린 유물이 수십 점은 될 거라는 말이 돌면서 발굴현장은 발칵 뒤집혔다. 읍내 중앙여관에서 작업종료 공식발표를 눈이 빠져라 기다리던 문공부 직원들은 모든 책임을 초소감시원에게 뒤집어씌웠다. 박씨는 밀린 월급은커녕 취직의 꿈조차 산산조각 난 채 경찰서를 들락거려야 했다.

"그때 생각만 하믄 아조 치가 떨리요. 그라고 고향 등진 지가 이십 년이 되어가네요."

박씨는 다시 담배를 물었고 쾌영은 식당을 나왔다.

다음날 태풍주의보가 해제되고 여객선이 운항됐지만 쾌영은 곧장 서울로 올라와야 했다. 태풍진로가 중국 쪽으로 향하면서 항저우가 물바다라는 소식을 전해 들었다. 부모님이 운영하는 고려옥이 물에 잠겨 피해가 심각했다. 그가 살던 집도 침수되었고 그 바람에 나무상자에 들었던 고려여인의 서책을 영영 잃어버리고 말았다. 항저우로 돌아간 쾌영은 한동안 부모님의 식당일을 도와야 했다. 게다가 어머니의 건강이 좋지 않았다 삼 년여 투병 끝에 어머니가 돌아가시고 아버지마저 충격으로 쓰러지자 고려옥을 정리했다. 쾌영은 한동안 방황하며 여러 나라를 떠돌았다.

지난 가을, 쾌영은 한국에 잠시 들어왔다가 때마침 국립중앙박물관 신안해저유물특별전이 열린다는 기사를 보았다. 이만 점이 넘는 시루섬 유물 대부분을 전시하는 엄청난 규모의 전시회였다. 전에 볼 수 없었던 새로운 유물을 볼 수 있는 다시 못 올 기회이기도 했다. 기사를 본 다음날 쾌영은 일찌감치 전시장을 찾았다. 특별전을 보려는 호기심 많은 관람객들로 전시장 바깥까지 길게 줄을 서야 했다. 쾌영은 한 시간여 줄을 서고 나서야 전시장에 들어갈 수가 있었다. 전시장 곳곳에서 탄성이 터져 나왔다. 쾌영은 이곳 전시장을 자주 찾았던 터라 어지간한 유물은 거의 눈에 익었다. 이번에 새로이 전시되는 유물만 골라보던 쾌영은 도자기 전시 칸에서 한시가 적힌 백자 접시를 발견했다.

'流水何太急 深宮盡日閑'

(흐르는 물은 그리도 급한데 깊은 궁궐은 해 지도록 내내 한가롭구나)

접시의 안쪽 바닥에 붉은 나뭇잎을 마주 그렸고 그 위에 한시를 새겼다. 미색 바탕에 붉은 잎 두 장과 그 위에 연초록 물을 자연스럽게 떨어뜨린 은은하면서도 투명한 느낌의 배색이었다. 백자 접시에 적힌 한시를 본 쾌영은 한동안 잊고 있던 고려여인을 떠올렸다. 쾌영은 그 한시의 다음 구절을 알고 있었다.

분명 고려여인의 일기장에서 보았던 한시였다. 목포에 처음 갔던 그해 여름 항주에 들이친 물난리로 일기장을 잃어버리면서 순이라는 고려여인도 잊히고 말았다. 백자 접시에 또렷한 그 한시를 본 순간 쾌영은 시루섬에 들어가야겠다고 마음을 먹었다.

10

오빠 서도일

한낮이 지났을 때 복춘이 카페를 찾아왔다. 그때까지 카페 문이 굳게 닫혀 있었다. 복춘이 아무리 문을 두드려도 기척이 없자 도화에게 전화를 걸었다. 한참 뒤에 카페 문이 열렸다.

"몸이 아픈가? 안즉 문도 안 열고……."

"어제 찬바람을 쐤더니 몸살기가 좀 있어요."

그녀 얼굴이 책갈피 속 낙엽처럼 푸석했다.

"허어, 언능 보건소 가서 주사라도 한 대 맞고 오게. 괜히 고상하지 말고."

"방금 약 먹었어요. 좀 쉬면 나아질 거예요."

"쩌번 날 사고 때 놀라서 더 그럴 것이네. 며칠 카페 문 닫고 좀 쉬지 그래. 겨울엔 손님도 없을 건디."

도화는 대답 대신 미소만 지었다. 마흔이 훌쩍 넘었지만 수줍게 웃는 모습은 아직 어릴 적 그대로였다. 어린 시절 그녀는 뭐가 그리도 자신이 없는지 늘 고개를 숙였고 학교 오가는 길이나 마을 골목에서 복춘이와 마주치면 부끄러움에 얼굴이 붉어져 급히 그 자리를 빠져나갔다. 그때는 말 한마디 걸어보지 못할 만큼 둘 다 숙맥이었다.

"커피 드려요?"

"됐네. 몸도 안 좋아보이는구먼."

때마침 머신이 켜져 있다. 어젯밤 그녀가 머신 끄는 걸 잊었거나 아침에 쾌영이 켜놨거나 둘 중 하나였다. 그라인더 스위치를 켰다.

"그 친구는 어디 갔능가? 안 보이네?"

"……."

그때 카운터에 놓인 봉투와 목걸이가 보였다.

"아침 일찍 나갔나 봐요."

"머여? 간단 말도 안 하고 갔다고?"

"어젯밤에 미리 인사했어요. 몸이 안 좋아 늦게까지 누워 있었더니 그냥 갔나 봐요."

스팀우유와 에스프레소를 섞고 그 위에 우유거품을 얹다가 쾌영을 떠올렸다. 쾌영은 우유거품으로 라테아트를 잘 만들었다. 하트는 기본이었고 나뭇잎이나 꽃모양도 척척 만들어냈다. 카페 아르바이트하면서 배운 실력치곤 훌륭했다. 도화는 늘 하던 대로 우유거품을 풍성하게 얹고 그 위에 시나몬가루를 뿌린 다음 복춘이 앞에 놓았다.

"출장 중에 자네가 전화한 것도 궁금하고 또 어젯밤에 통화한 것도 쪼매 걸리고 해서 와 봤네."

"어젠 채목이 일로 상의 좀 하려고 전화한 거였어요."

"채목이가 왜?"

도화는 잠시 머뭇거렸다. 그녀 얼굴에 짙은 그늘처럼 착잡함이 드리워져 있었다. 복춘이 아주 천천히 라떼를 마시며 기다려줬다.

"그…… 전에 유물 인양작업 할 때 잠수부들 데리고 여기 들어왔던 박 팀장이라는 사람 기억나요?"

"기억하다마다. 그 자를 잊을 리가 있나. 우리 집에서 먹고 자고 한 세월이 얼만데. 근디 뜬금없이 그 사람은 왜?"

"채목이가 지금 그 사람이랑 일 한대요."

"허어, 거 참! 아니, 어쩌다가……."

복춘은 입을 벌린 채 한동안 말을 잇지 못했다. 도화는 깊이 한숨을 내쉬고 다시 말을 이었다.

"죽기 전엔 그 인간 다시 안 보길 바랐는데 또 이렇게 엮이네요."

"채목인 안즉 그 일 잘 모르재?"

"말 안 했어요. 말해봐야 좋을 것도 없을 거 같아서요."

"인자는 저도 알 건 알아야재. 역부러 감출라곤 말어."

"그 인간 내 입에 올리기도 싫어요."

"그라믄 채목이랑 그 작자랑 계속 일하게 놔둘라고?"

복춘은 이러지도 저러지도 못하고 속 끓이는 그녀가 안쓰럽기 그지없었다.

"자네가 몸살까지 난 이유를 알겠네. 정 힘들면 내가 그 애한테 말함세."

"……."

"이 사람아, 세월이 암만 지났어도 그게 어디 먼지 털 듯 훌훌 털어낼 일인가?"

"선배, 채목이는 그 인간이 저한테 잘 해줘서 좋대요. 자상하고 좋은 사람이라나?"

"그래서, 자네는 앞으로 어쩔랑가?"

도화는 두 손으로 얼굴을 감싸고서 한숨만 거푸 내쉴 뿐이었다.

"참말로 답답하고 내 맴이 짠허네. 내가 도울 게 아무것도 없으니 말이시. 이럴 때 도일이라도 가까이 있으면 자네한테 힘이 됐을 텐데."

"……."

복춘이 뜬금없이 도일을 꺼내자 도화는 금방이라도 울 것 같은 표정으로 고개를 돌렸다. 복춘이 돌아간 뒤에도 도화는 카페 창가에 마른 꽃처럼 앉아 있었다. 그녀는 오래 잊었던, 아니 잊으려고 애썼던 오빠 도일을 떠올렸다.

서도일은 그녀의 유일한 피붙이다. 복춘이하고는 둘도 없는 동무였다. 시루섬에서 유물인양작업이 한창이던 그 즈음에 도일은 목포에 있는 고등학교에 입학했다. 시루섬 아이들은 섬에 하나 있는 중학교를 졸업하면 섬을 나갔다. 그들 중 일부만 목포나 인근 고등학교에 진학하고 나머지는 서울이나 인천, 부산 등지로 뿔뿔이 흩어져 공장에 들어갔다. 대부분 실업계 고등학교를 선택하는데 도일은 교사가 되기를 바라는 아버지 뜻을 따라 인문고에 들어갔다. 저 홀로 도시로 나온 아이들은 자취나 하숙을 하며 학교에 다녔다. 그들은 객지생활의 외로움을 견디지 못해 끼리끼리 패를 지어 시내 빵집과 영화관과 다방 뒷골목을 배회했다. 자주 모이는 빵집 상호를 따서 자기 패거리 이름을 붙여 세를 키웠으며 패거리 간 다툼과 알력이 벌어지기도 했다. 도일이 고등학교에 들어갔을 그때는 진고개파, 석빙고파, 뒷개파…… 이런 패거리가 꽤나 이름을 날렸다.

도일의 학교 근처에 하숙집을 얻어주며 아버지가 신신당부를 했다.

"깡패 새끼들이랑 쌈박질이나 하고 댕길 거면 학교고 뭐고 다 때려치우고 도로 섬에 들어와라. 여그 들어와서 이 애비처럼 평생 그물질이나 함서 살어. 그러기 싫으면 머리 싸매고 코피 터지게 공부해서 대학가라. 내말 알겄냐?"

도일은 송아지 같은 눈을 내리깔고 말없이 고개를 끄덕였다. 입학하고 한 달쯤 됐을까. 학교 파하고 교실을 나오던 도일의 머리 위로 야, 받아! 하는 소리와 함께 책가방이 떨어졌다. 도일이 고개를 들었을 땐 가방이 도일의 몸에 부딪치고 바닥으로 나동그라졌다. 가방주인은 학교에서 주먹께나 쓴다는 녀석이었고 그날 도일은 가방을 놓쳤다는 이유로 그 무시무시한 주먹에 얻어터져서 앞니 두 개가 깨졌다. 소식을 듣고 올라온 아버지는 고액의 치료비를 받아내겠다고 물어물어 도일을 때린 녀석을 찾아갔다. 녀석은 행남자기에 다니는 누나와 목포북항인 뒷개에서 자취를 하고 있었다. 아버지가 찾아갔을 때 녀석은 벌써 몸을 숨겼고 병색 깊은 그의 누나만 만날 수 있었다. 아버지는 창백한 낯빛으로 기침을 해대며 죄인처럼 연신 머리를 숙이는 그 누나에게 치료비 얘기는 꺼내지도 못하고 돌아서야 했다. 오히려 돌아오던 발길을 돌려 귤 한 봉지를 사서 넣어주고 왔다. 그 일이 있은 후 아버지는 도일을 태권도학원에 등록시켰다. 하지만 그게 화근이었다. 도일은 학원에서 알게 된 패거리와 어울리기 시작했다. 몇 달 뒤 도일은 자신의 이빨을 깬 녀석을 돌려차기 기술로 척추를 부러뜨렸다. 그 일로 도일은 정학을 당해 시루섬에 내려와 지내야 했다. 도일이 섬에 내려와 있는 동안 아버지와는 사사건건 부딪혔다. 아들에 대한 기대가 컸던 만큼 아버지의 실망은 컸다. 둘의 불화는 점점 커졌고 그러다가 그 무시무시한 사건이 터졌다.

도화는 그날 밤의 난리를 떠올릴 때면 지금도 몸서리가 쳐졌다. 한밤중에 사람들이 집으로 들이닥쳤다. 그들은 신발을 신은 채로 안방에 들어와 집안을 뒤지기 시작했다. 이불장과 서랍을 열고 그 안에 든 것들을 마구 헤집었다. 광에 들어가 쌀독이며 시렁을 헤집고 마룻장까지 들어냈다. 부엌찬장도 예외는 아니었다. 솥단지와 아궁이며 심지어 부엌 물항아리 속에 손을 집어넣었다. 자다 깬 도화는 두려움에 울먹였고 아버지도 소리소리 치며 그들을 막아섰다.

"당신들 누구요?"

아버지의 고함에도 그들은 전혀 물러섬이 없었다. 침입자는 모두 넷이었고 그중 덩치가 우두머리로 보였다. 부엌에서 그릇 깨지는 소리도 들렸다. 옆방에서 자던 도일이 뒤늦게 뛰쳐나왔다.

"야! 이 시발새끼들아!"

그때 침입자 중 하나가 도일에게 다가왔다. 남자는 군용워커를 신고 있었다.

"도둑놈의 새꺄, 빼돌린 거 내놔."

"빼돌린 거라니? 뭐?"

도일은 영문을 모른 채 씩씩거렸고 워커는 그런 도일을 마구 위협하며 구석으로 몰았다.

"다 알잖아. 새꺄! 느그 아부지 병신 되는 꼴을 꼭 봐야 쓰겄냐?"

워커는 도일을 향해 이죽거렸다. 도일은 저도 모르게 이를 악물었다.

"신고하기 전에 이 집에서 당장 나가!"

"신고? 이런 좆만한 새끼 봐라!"

그때 아버지가 도일을 향해 소리 질렀다.

"도일아, 가서 사람들 불러와라!"

그러자 덩치가 아버지 멱살을 움켜잡았다.

"씨벌 새끼가 죽을라고 환장했나, 어!"

"오냐, 어디 죽여봐라."

그 말이 떨어지자마자 덩치가 아버지 얼굴을 향해 주먹을 날렸다. 아버지는 허깨비마냥 마당으로 나가떨어져 데굴데굴 굴렀다. 도화는 두 손으로 얼굴을 감싸며 비명을 질렀다. 도일이 덩치를 향해 덤벼들었다가 워커와 그 일행에게 도로 붙잡히고 말았다. 태권도를 제법 한다는 도일도 그들한테는 역부족이었다. 덩치는 아버지를 발로 걷어차기 시작했다. 도일이 보란 듯이 마구 짓밟으면서 차고 또 찼다.

"누굴 부른다고? 어디 불러봐라. 불러보라고!"

덩치의 발길질은 세찼다.

"아, 아버지!"

도화가 소리를 지르며 덩치에게 달려들었다가 그의 발길에 그만 가슴을 채여 저만치 나동그라졌다. 땅바닥에 쓰러진 도화는 가슴을 움켜잡았다. 덩치는 발길질만으로는 성에 차지 않은지 아버지 허리께를 짓밟고 지근지근 짓이겼다. 고통스러운 신음이 아버지 입에서 터져 나왔다. 마르고 왜소한 몸피가 덩치의 무지막지한 발길에 으스러질 듯 위태했다. 보다 못한 도일이 소리쳤다.

"그만해! 씨벌 새끼들아!"

덩치는 발길질을 멈추고는 도일을 향해 빙긋이 웃었다.

"그니까 빨리 내놓으라고!"

그때였다. 덩치의 발에 깔려 신음하던 아버지가 도일을 향해 소리쳤다.

"도일아, 안 돼!"

덩치가 아버지를 향해 다시 발길을 날렸고 아버지는 이내 잠잠해졌다.

"놔! 이 개새끼들아!"

그들에게 양팔을 붙잡힌 도일이 사력을 다해 버둥거렸다. 덩치가 도일을 잡고 있는 그들에게 눈짓을 하자 풀어줬다. 도일은 숨을 몰아쉬며 헛간으로 들어가더니 슴베가 다 들어난 녹슨 조선낫을 들고 나왔다. 도일이 눈을 부릅뜨고 성큼성큼 덩치에게 걸어왔다. 낫을 쥔 도일의 손이 부들부들 떨렸다.

"도일아, 안 돼!"

아버지의 앞섶이 피로 붉었다. 도일은 부러 아버지를 외면하고 안방으로 들어가더니 중천장을 낫으로 북북 그었다. 천장이 갈라지자 그들이 달려들어 도일을 밀쳤다. 그들은 천장 안에 손을 넣어 더듬거려 큼직한 신문지뭉치를 들어 내렸다. 가마니와 신문지로 둘둘 말린 그것을 벗겨내자 비취빛 불상이 모습을 드러냈다.

"새끼! 진작 내놓을 것이재이."

그들은 낫을 쥔 도일을 경계하며 뒷걸음치더니 불상을 들고 부리나케 가버렸다. 아버지는 코뼈가 부러지고 척추를 심하게 다쳤다. 아버지가 회복하는 것을 며칠 지켜보던 도일은 도화에게 아버지를 부탁한다는 말을 남기고 섬을 떠났다. 그리고는 여태 소식이 없다.

11

잔인한 기억

해가 몰라보게 길어졌다. 춥고 긴 계절의 끝이 서서히 보이는 듯했다. 박물관 문이 닫혔는데도 어둠이 완전히 내리지 않았다. 창밖에 흐르는 개와 늑대의 시간을 박 교수는 물끄러미 바라보고 있었다. 한 시간 전에 박 교수는 채목이 온다는 연락을 받았다. 채목의 목소리는 우물 속에 잠긴 두레박처럼 침잠했고 한편 공허했다. 상처라곤 모르고 자란 듯 밝기만 하던 그녀가 마치 다른 사람처럼 느껴질 정도였다. 채목이 약속도 없이 불쑥 만나러 오겠다는 것만으로 사실 박 교수는 긴장이 되었다. 그렇잖아도 조만간 그녀를 조용히 만나려고 했던 터였다. 박물관 주변 가로등이 켜질 즈음에 채목이 그의 연구실에 들어섰다.

"어서 오게나. 무슨 일 있는 건 아니지?"

"그냥 찾아뵙고 싶었어요."

"우선 좀 앉게. 이런, 몸이 얼었군. 따뜻한 차 한 잔 마시면 풀릴 걸세."

박 교수는 채목의 손을 잡아끌어 소파에 앉히더니 마치 어린아이를 다루듯 측은한 눈빛으로 바라봤다. 다소 지치고 피곤해보였으나 특유의 밝음은 여전했다.

"그날 사고가 컸다던데 정말 괜찮은가?"

"네. 저는 다음날 바로 퇴원했어요. 좀 놀라긴 했어도 다친 덴 하나도 없어요."

"자네 어머니가 많이 놀라셨겠네."

"……."

어머니라는 말에 채목은 표정이 다시 어두워졌다. 박 교수가 전기주전자 스위치를 켜자 바로 요란한 소리를 내며 물이 끓었다. 박 교수는 유리병을 열어 레몬청 한 스푼을 크게 떠서 컵에 담았다. 거기다 끓인 물을 붓자 연구실에 레몬향이 퍼졌다.

"혹시 어머니한테 내 얘길 했나?"

"어제저녁 교수님이 전화하셨을 때, 그때 아셨어요."

"…… 그렇군."

박 교수는 레몬차를 스푼으로 잘 저어서 채목 앞에 놓았다.

"많이 놀라셨지?"

"네. 엄마가 그렇게 화내시는 건 처음이었어요."

채목은 생각할수록 속이 상하는지 샐쭉해졌다.

"자네 어머니가 그러는 건 어쩌면 당연한 일일지도 모르지. 허나 그건 분명히 사고였네."

"어떤 사고요?"

"음……, 자네 아버지에 대해선 아직 말을 안 한 게로군."

"네. 그래서 교수님을 찾아왔어요."

박 교수는 무슨 생각에 잠긴 듯 지그시 눈을 감고 한동안 말이 없었다. 눈을 감은 채 마음 속 뒤죽박죽된 생각을 정리하는 듯 보였다. 한참 만에 그가 입을 열었다.

"한기석, 그 친구는 나와 한 팀이었어. 너무 오래돼서 얼굴은 가물가물한데 아주 건실한 청년이었지. 당시 활약이 대단했거든. 그 사고만 아니었다면 얼마나 좋았겠는가. 꽃 같은 나이에 그리 돼서 너무 안타깝고, 하……."

박 교수는 더는 말을 잇지 못하고 감정이 북받쳐 그만 말끝을 흐렸다.

"자네 어머니 심정을 모르는 바는 아니라네. 삼십 년 가까이 흘렀는데도 그때를 생각하면 나도 이렇게 마음이 아픈데……."

박 교수는 눈시울을 붉히며 고개를 창 쪽으로 돌렸다. 가로등이 눈 부릅뜨고 박물관 건물을 호위하고 있었다. 이미 주변은 어둠으로 에워싸였고 바다 쪽에서 이따금씩 희미하게 뱃고동소리가 들려왔다. 박 교수는 실타래에 감긴 지난 일을 자분자분 풀어놓기 시작했다.

당시 문화재관리국 학예사로 근무하던 박석주는 민간잠수부들과 팀을 꾸려 4차 인양작업부터 합류하게 되었다. 박석주 고향이 시루섬과 가까워서 그 주변 사정에 빤하다는 게 그가 발탁된 이유이기도 했다. 그는 시루섬과 가까운 뭍에서 태어나긴 했어도 집안이 넉넉했기에 그와

형제들은 일찌감치 도시에 나와 학교를 다녔다. 집안대대로 물려받은 토지가 많았고 그의 집은 큰 정미소를 했다. 섬에서 뭍에 나가려면 그 집 땅을 밟지 않고는 나갈 수 없을 정도로 인근에서는 꽤 알려진 부잣집이었다. 중국침몰선이 떠오르기 전까지 그 역시 시루섬에 대해 들어본 적이 없었다. 당시엔 시루섬에서 가까운 뭍으로 나가려면 징그럽게 오래 걸렸다. 나룻배를 세 번이나 갈아타고 섬과 섬을 징검다리 건너듯 지나 적어도 여섯 시간은 걸려야 육지에 닿았다. 해저유물 인양작업이 시작되면서 시루섬에 전기가 들어오고 정기여객선이 운행되었다. 그런 외진 곳에 들어가라고 했을 때 흔쾌히 그러마고 나서는 이는 드물었다. 그때 박석주가 단박에 승낙하고 팀을 꾸려 시루섬으로 들어왔다.

인양작업 도중 부상을 입은 잠수부와 교대할 새 잠수부를 구하던 중에 한기석을 알게 되었다. 스물셋, 해양경찰이 꿈이던 기석은 해병대를 제대하고 복학을 준비하고 있었다. 짧은 시간에 벌이가 쏠쏠한 일이라서 기석은 두 말 않고 오케이하고는 곧장 시루섬으로 들어갔다. 발굴현장은 망망대해에 수심이 깊었다. 밀물 때 해수가 북동쪽으로 흐르다가 썰물 때가 되면 남서쪽으로 바뀌는 곳으로 조수간만 때 유속이 육 노트를 넘나드는 악조건이었다. 수중시계 제로인 물속은 눈앞에 시커먼 벽이 가로막은 듯 온통 컴컴했다. 잠수부가 목숨을 내어놓지 않고선 물에 들어가기 힘들다고들 했다. 뒤늦게 팀에 합류한 기석은 거친 현장에서 몸을 사리지 않았으며 누구보다 성실했다. 그런 기석을 박석주는 아끼고 어여삐 여겼다. 기석의 활약으로 팀의 성과도 빛났다. 한기석, 그 역시 수확이 컸다고 할 수 있겠다. 시루섬에서 도화를 만났으며 결혼까지 약속했으니.

길고 지루하던 인양작업이 끝나고 작업에 참여했던 이들은 짐을 꾸려 속속 섬을 나갔다. 박석주도 섬을 떠날 준비를 마치고 마을사람들과 이별의 술잔을 기울이고 있었다. 그러던 중에 느닷없는 기석의 사고소식을 들었다. 박석주는 허겁지겁 배를 몰아 사고현장으로 달려갔다. 해경보다 빨리 현장에 도착했으나 기석을 찾지 못했다. 기석을 태우고 온 듯한 배 한 척이 빠르게 도망가는 걸 박석주가 목격했다. 경찰에서는 기석이 도굴단과 손잡고 유물을 빼돌리려다가 변을 당한 걸로 결론 내렸다. 하지만 박석주는 누가 뭐래도 기석을 믿었다. 그는 기석의 혐의를 벗기려고 공범들을 찾아 백방으로 뛰어다녔고 자칫 위험에 처할 뻔도 했다. 그들은 조직적이었고 치밀했다. 그런 박석주의 노력에도 불구하고 도화는 내내 박석주를 원망했다. 그는 도화가 입원한 병원을 찾아갔다가 문전박대 당했다. 하는 수 없이 그녀 아버지 손에 병원비만 쥐어주고 돌아왔었다. 하루아침에 사랑하는 이를 잃은 충격으로 그녀는 세상 누구도 믿지 못하는 듯했다. 이후에도 여러 번 그녀를 찾아 도움을 주려고 했지만 그때마다 차갑게 거절을 당했다. 짧은 만남이었지만 그는 한기석과 함께한 시루섬에서의 시간을 잊지 못한다. 그것은 생과 사를 넘나드는 치열한 시간이었기에 더욱 귀했다. 숱한 세월이 지난 지금도 그날을 떠올리면 가슴이 미어지고 그가 많이 그립다.

여기까지가 박석주가 채목에게 들려준 기석에 관한 이야기이다.

"아, 저희 아버지 얘긴 오늘 처음 들어요."

채목은 눈물을 주르륵 흘렸다. 맑디맑은 눈물이 그녀 뺨을 타고 내렸다.

"자네 아버지에 대해선 누구보다 내가 잘 알고 있을 걸세."

박 교수는 손수건을 꺼내 채목에게 건넸다. 그의 말투는 여전히 따뜻했고 눈빛은 촉촉했다. 오래 묻어뒀던 가슴 아픈 기억을 끄집어내느라 무척 힘들어보였다. 그 상대가 기석의 딸이어서 더 아파보였다.

"나는 아직도 한기석을 믿는다네. 자네 아버지여서 이리 말하는 건 아니야. 무척 해맑고 신실한 청년이었지. 자넬 보니까 그 친구가 더 보고 싶군, 그래."

"제가 정말 서운한 건 저희 엄마예요. 엄만 아버지에 대해 얘길 안 해주셨어요. 제가 아버지에 대해 물으면 오히려 화를 냈어요."

"그 어린나이에 큰일을 당하고 홀로 자넬 낳아 이만큼 키우기까지 자네 어머니가 오죽 힘들었겠나. 자네가 이해하게나."

"엄마만 힘든 건 아니었어요. 저도 힘들었어요. 엄만 항상 바빴고 저는 늘 혼자였어요."

채목의 눈에 다시 눈물이 그렁그렁 차올랐다.

"이런, 씩씩한 줄 알았더니 순 울보였군!"

박 교수가 채목에게 다가가더니 가볍게 등을 토닥였다. 묵직하면서도 다정스러운 손길이 토닥토닥 등에 와 닿자 채목은 두 손으로 얼굴을 감싸고 소리 내어 흐느꼈다. 그리곤 한참을 울었다.

"이제 좀 진정이 되나?"

채목이 울음을 그치고 손수건으로 얼굴을 정리하는 것을 보고 박 교수가 전기주전자 스위치를 올렸다.

"죄송해요."

"죄송하긴, 울고 싶을 땐 실컷 울어요."

박 교수는 레몬차가 든 잔에 뜨거운 물을 더 부어주었다.

"참, 낼모레 닝보 출장이지? 갈 순 있겠나?"

"네. 가야죠."

"오 팀장도 같이 가지?"

"아뇨. 이번엔 저 혼자 갑니다."

"그런가? 아참, 오 팀장도 내 제자라네. 알고 있었나?"

"그럼요. 교수님을 소개해주신 분이 오 팀장님인 걸요."

"그랬나? 아하, 그렇군! 허허……."

채목은 박 교수와 갓바위 횟집에서 저녁을 먹었다. 박 교수는 채목에게 전복죽을 권했고 자신은 아구탕을 시켰다. 식사하는 동안 채목은 박 교수에게 아버지에 대해 궁금했던 것을 물었다. 지난 날을 떠올리다 말고 박 교수는 자주 물컵을 들어 입술을 축였다.

"내, 자네 어머닐 한번 만나고 싶네."

"저도 그랬으면 했어요. 어떻게든 제가 엄마를 설득해 보겠습니다."

채목의 말에 박 교수는 고개를 끄덕이며 미소를 지어보였다.

박 교수와 저녁을 먹고 난 후 채목은 신문사 사무실에 잠시 들렀다. 그녀가 자릴 비운 동안 일이 산더미로 쌓여 기다렸다. 채목의 일까지 처리하느라 오 팀장이 그녀보다 더 수척해진 얼굴로 맞았다.

"서 기자, 벌써 나와도 돼? 정말 괜찮은 거야?"

"넵. 이렇게 멀쩡합니다."

"사고소식 듣고 바로 병원에 가보려고 했더니 벌써 퇴원했다고 해서 병문안도 못 갔어."

"헤헤, 제가 워낙에 튼튼하잖아요."

그러면서 채목이 두 주먹을 불끈 쥐어보였다. 오 팀장이 부러질 듯 가는 채목의 손목을 보더니 피식 웃었다. 그는 소매를 걷어붙이더니 힘줄 불거진 자신의 팔목을 채목의 여린 팔에 가져다 댔다. 테니스와 수영으로 몸을 다져온 오 팀장은 오십을 넘긴 남자 몸 치곤 아직은 봐줄 만 했다. 꾸준히 술을 즐기고 담배를 못 끊어서 작년 연말 건강검진 결과 빨간불이 켜졌다며 투덜거리기는 했다. 그러고도 술과 담배는 줄기차게 즐겼다.

"오늘 박 교수님 만났다고?"

"네. 교수님과 저녁 같이 먹었어요. 중국 출장 건에 대해 확인할 자료도 있고 해서 찾아뵈었어요."

"안 그래도 교수님이 방금 연락 주셨어. 우리 서 기자 특별히 잘 좀 챙겨 주라고 신신당부하시네. 까칠한 양반이 어쩐 일이래?"

"어머, 진짜요? 박 교수님 말인데요. 소문과 달리 무척 따뜻하고 세심한 면이 있으시더라고요. 참 좋은 분이세요."

"서 기잔 아직 한참 어리단 말이야. 맛난 거 사주고 토닥토닥해주면 다 좋은 사람이니,"

"에이, 저도 느낌이라는 건 있다구요."

"글쎄, 정말 그럴까?"

오 팀장이 씁쓸하게 채목을 향해 웃었다. 채목이 신문사 사무실에 들어오기 한 시간 전쯤 박 교수가 그에게 전화를 걸어왔다. 오 팀장은 이십대부터 박 교수와 일을 같이 해 와서 누구보다 그를 잘 알았다. 오 팀장이 겪은 바로는 그가 몹시 차가운 사람이라는 거였다. 오 팀장은 박 교수 소개로 K일보에 들어오게 되었다. 한마디로 낙하산 인사였다. 오 팀장이 신문사에 들어오고 십 년이 다 돼가도록 박 교수가 먼저 전화한 일은 손에 꼽을 정도였다. 오 팀장 또한 그의 연락이 그리 반갑지만은 않았다. 하지만 그와는 떼려야 뗄 수 없는 먹이사슬관계로 묶인 운명이라 쉬이 끊어낼 수도 없었다.

"교수님, 어쩐 일이십니까?"

"서 기자가 방금 여길 다녀갔네. 이번 출장은 서 기자만 간다면서?"

박 교수가 중국 출장과 관련한 이야기를 하려나 했는데 아니었다.

"새삼스럽지만 지난 얘길 다시 해야겠네. 27년 전 시루섬에서 일어난 사고 기억하지? 그때 그 친구가 죽은 건 안 됐네만 엄연히 사고였어. 한기석이 도굴범한테 매수돼서 일어난 사고였다고. 자네도 그리 알고 있잖나?"

오 팀장은 능구렁이 같은 노인네가 무슨 일인지 몰라도 자신을 입단속시킨다는 걸 알아차렸다. 그러고 보니, 그날 일은 죽을 때까지 입 밖에 내선 안 된다는 약속을 어긴 건 바로 박 교수 자신이었다.

'이봐, 자네가 지금 그 자리에 있는 게 누구 때문인지는 잘 알지?'로 결국 둘의 통화는 끝났다.

12

잔잔한 파도, 영파

닝보를 한자로 쓰면 영파寧波다. '조용한 파도'라는 뜻이 담겨 있다.

예부터 이곳이 해상무역의 중심지였기에 파도가 잔잔해지기를 바라는 뱃사람들 마음을 담아 영파라고 이름 붙였을 법하다. 이름도 한몫했겠지만 무엇보다 닝보 앞바다에 차우산이라는 거대한 섬들이 자리하고 있어 이곳 바다는 잔잔한 편이었다.

닝보항에서는 수년째 침몰선을 복원하는 작업이 진행되고 있었다. 침몰선을 처음 발견했을 당시 선체 아랫부분은 갯골에 파묻혔고 노출된 일부는 세찬 바닷물에 쓸려 사라진 상태였다. 갯벌에 잠긴 아랫부분 형체가 그나마 남아 있었던 건 진공상태인 갯벌이 보호막 역할을 해주어서였다. 갯벌에 잠긴 선체를 인양하는 일 또한 쉽지 않았다. 아무리 단단한 목재라도 수백 년 세월 동안 바닷물에 잠겨 있으면서 온전할 리 만무했다. 전체적으로 선체는 부식이 심해서 원형 그대로 끌어올리는 게 불가능했다. 목재 섬유질은 거의 다 녹아버렸고 제 몸의 4배가 넘는 바닷물을 머금은 상태였다. 나무가 아니라 물 먹은 스펀지 같았다. 선체를 조각조각으로 해체해서 건져 올려야 했다. 무려 칠백 개가 넘는 조각으로 잘라서 끌어올렸다. 물렁물렁한 선체조각들은 건져 올라오는 즉시 바로바로 민물탱크에 집어넣고 소금기가 다 빠지도록 우려냈다. 그런 다음 경화처리를 했다. 그 상태로 공기 속에서 말리면 나무는 십 분의 일로 쪼그라들고 만다. 복원팀은 폴리에틸렌글리콜을 탄 물에 선체조각을 담갔다. 나무에 PEG가 스며들어야만 95퍼센트 넘게 제 모습을 찾을 수 있기 때문이었다. 이런 공정만 무려 삼사 년이 걸렸다. 그래도 스웨덴이 바사호를 건져 말리는데 사십 년이 걸린 것에 비하면 빠르다고들 했다. 제 모양을 찾은 선체조각은 다시 퍼즐 맞추기를 하듯 하나하나 꿰맞춰야 했다. 꿰맞춘 선체 일부를 통해 무역선의 원형을 설계하기에 이르렀다. 선체인양을 시작으로 이십 년 가까이 진행된 선체 복원작업이 끝을 보이고 있었다.

선체 복원작업의 마지막 공정은 설계도에 따라 선박을 오분의 일로 축소 제작하는 것이었다. 비록 축소판이긴 했지만 침몰선 복원은 과히 성공적이었다. 이에 탄력을 받은 박 교수팀이 중국의 전통선박 복원업체와 손잡고 실제 크기의 선박건조에 돌입했다. 배를 만들 목재로 마미송馬尾宋과 넓은잎삼나무를 쓰고 석회와 동백기름을 섞은 방수제를 사용하는 등 700년 전 건조방식 그대로 선박을 제작하게 하였다. 수년에 걸쳐 진행된 선박 건조작업도 이제 마무리 단계만 남았다.

새로 건조된 배 이름은 신안선으로 명명하기로 했다. 침몰선을 건져 올린 시루섬 앞바다가 전라남도 신안군에 속해 있어서다. 머잖아 신안선이 완성되면 그 배를 타고 닝보항을 출항하여 일본 하카타로 항해한다. 한중일 3개국이 동참하는 이번 프로젝트는 700년 전 닝보항을 출발했다가 시루섬 앞바다에 침몰해버린 그들의 약속을 지키고자 기획되었다. 프로젝트 명도 '700년 전 뱃길을 가다'로 정했다.

박 교수는 팀을 꾸려 닝보 출장길에 올랐다. 신안선 건조공정을 최종 점검하기 위한 출장이었다. 이 프로젝트를 단독취재하게 된 K일보는 채목을 파견시키기로 했다. 그 또한 박 교수의 입김이 작용했다. 춘절을 피하느라 며칠 앞당겨진 출장이었다. 일행은 푸동공항에서 내려 닝보까지는 기차를 이용했다. 홍차오역에서 닝보행 기차를 타고 달리는 동안 차창을 통해 본 바깥 닝보 근교 시골풍경은 정겨웠다. 멀리 나지막한 산과 논밭 그리고 줄지어 선 전봇대까지. 박 교수팀은 여러 차례 닝보를 방문해서 그런지 교통편이나 식당 선택이 현지인처럼 자연스러웠다. 그들이 권하는 음식 또한 만족스러웠다. 첫날은 닝보항 근처 숙소에 짐을 풀고 일찍 잠을 청했다. 그들 숙소는 도심과 떨어진 주택가였다. 오래되어 박물관을 연상하게 하는 오층 석조건물을 말라붙은 담쟁이덩굴이 빈틈이 보이지 않을 만큼 덮고 있었다. 미처 떨어지지 못한 잎과 열매를 매달고 덩굴은 악착스레 벽을 붙들고 있었다. 낡은 외관에 비해 실내는 말끔하고 아늑했다. 채목은 가장 높은 층에 들었으나 창문을 열지 않았다. 주변은 어두웠고 밤바람이 찼다. 몸은 곤했지만 낯선 곳이라 쉬이 잠이 오지 않았다. 채목은 침대에 누워 휴대폰을 만지작거렸다. 폰을 열어 부재중 전화나 문자를 확인했다. 문자가 여러 개 쌓였으나 도화에게서 온 것은 없었다. 아직도 화가 풀리지 않은 것 같았다. 채목은 엄마가 영원한 내편이라고 믿어왔다. 둘이 다투면 언제나 엄마가 먼저 화해를 청해왔던 것 같다. 이번엔 엄마와의 갈등이 너무 오래 지속되는 것이 살짝 신경 쓰였다.

이튿날 아침 채목은 박 교수 일행을 따라 신안선 복원현장에 들렀다.

"오우, 멋지군! 정말 대단해!"

일행 중 누군가 탄성을 내놨다. 오랜 세월 이날을 기다렸다는 듯 신안선이 그들 앞에 우뚝 모습을 드러냈다. 신안선은 700년 전에 건조된 선박이라고 믿어지지 않을 만큼 위용이 느껴졌다. 중국 푸젠성(福建省) 푸저우(福州)에서 조상대대로 전통선박 제조를 하는 업체가 참여하여 신안선의 완성도를 높일 수 있었다. 애초에 신안선이 푸젠성에서 제조되었을 가능성이 크다는 주장도 있었다. 선박건조를 총지휘한 업체대표가 열변을 토해가며 건조과정을 브리핑했다. 신안선 건조방식은 정교했고 과학적이었다. 배밑판 널빤지를 이을 때 이음부분을 그냥 맞대는 게 아니라 같이 이어서 물이 새지 않게 만든 것도 그렇고 선저판 현판을 벌레로부터 보호하기 위해 얇은 널빤지를 방현재防舷材로 부착한 것도 그랬다. 수밀격벽은 말할 것도 없거니와 바닷물이 갑판을 넘지 못하도록 방패구실을 하는 현장舷牆이 발견된 것은 세계최초라고 했다. 그뿐 아니다. 큰 바다나 좁은 물길을 자유롭게 다니도록 배 밑이 뾰족한 침저형으로 만든 것이며, 뱃머리가 사다리꼴인 것과 오십 톤의 물을 담을 수 있는 물탱크를 둔 것도 신안선만의 특징이었다.

"어떤가? 저 배를 타고 700년 전 뱃길을 재현할 날이 얼마 안 남았다네. 이곳을 출발한 배는 시루섬을 거쳐 700년 전 목적지였던 하카타에 마침내 닻을 내리는 거지. 항해 중간에 저 배가 침몰한 시루섬 앞바다에서 수장된 넋을 달래고 또 수중 발굴 잠수시범도 펼칠 계획이라네."

박 교수는 흐뭇한 표정으로 신안선을 바라보았다. 그가 이번 프로젝트에 거는 기대는 누구보다 커보였다. 젊은 시절 시루섬 해저유물 인양작업부터 지금까지 오로지 해저유물 연구에만 투신해온 그였다. 그가 걸어온 길이 곧 우리 해저유물의 역사라고 해도 과언이 아니었다. 어쩌면 이번 프로젝트는 박 교수 평생의 업적에 눈부신 피날레가 될지 모를 일이었다.

"잠수시범도 하는군요."

채목이 잠수부였던 아버지를 떠올리며 말끝을 흐렸다. 박 교수는 그런 채목을 보며 쓸쓸히 웃었다. 채목은 닝보항 저편 바다를 오래 바라봤다. 저 바닷길을 따라가면 엄마가 있는 시루섬에 닿을 수 있다는 게 신기했다. 시루섬에서 맑은 날 중국 산동반도가 보인다는 말을 엄마한테 들은 적이 있다.

"교수님, 출항 시기는 정해졌나요?"

채목은 이곳에 온 목적을 떠올리며 박 교수를 향해 취재용 질문을 던졌다.

"실제 저 배가 출항했던 날짜와 맞추기로 했다네. 목간에 적힌 날짜로 봐서 음력 유월 초에 출항한 걸로 추정되거든."

"유월 초라면 태풍이 만들어지고 장마가 북상할 시기인데 괜찮을까요?"

"그런 거라면 염려 말게. 이 배가 한중일 해역을 지나는 동안 기상상태를 긴밀히 살펴가며 철저히 대비하기로 했으니까. 혹시 발생할 해상사고에 대비해서 각 나라간 업무협조체계도 구축되었다네. 만의 하나 사고가 발생하면 즉각 구조정을 띄울 만반의 준비를 하라고 했어."

박 교수의 목소리에는 자신감을 넘어선 패기 같은 게 묻어 있었다. 그가 이번 프로젝트에 얼마만큼의 시간과 공을 들였는지는 오 팀장을 통해 들었다. 프로젝트의 성공은 곧 자신의 성공이나 마찬가지였다.

취재를 마친 채목은 현장사진을 몇 장 골라서 보도자료와 함께 신문사로 즉각 전송했고 박 교수와 일행은 점심식사를 하기 위해 준비된 식당으로 자리를 옮겼다. 채목은 닝보를 떠나기 전에 주변을 좀 더 둘러보기 위해 그들 무리에서 조용히 빠져나왔다.

채목은 닝보박물관에 가려고 택시를 잡았다. 현대 로고가 붙은 택시가 그녀 앞에 멈췄다.

"수남중로로 가주세요. 닝보박물관이요."

"닝보? 오! 남문, 북문?"

"남문!"

"하오!"

채목을 태운 택시는 미끄러지듯 움직였다.

"한국사람이군요."

"네. 한국에 가보셨나요?

"아뇨. 아내가 한국드라마를 좋아해요."

택시기사는 신이 나서 마구 떠들어댔지만 채목의 짧은 중국어 실력으로는 더 이상의 그의 말을 알아들을 수가 없었다. 그도 눈치를 챘는지 이내 조용해졌다. 차창 밖으로 높은 건물이 즐비했고 이따금 예스런 건축물이 눈에 띄었다. 채목은 잠시 이 도시에 머물고 싶다는 마음이 일었다가 가라앉았다. 닝보 출장을 앞두고 그녀가 미리 검색해놓은 방문 예정지가 바로 닝보박물관이었다. 엄마처럼 여행을 즐기는 채목은 특히 박물관투어에 흥미가 많았다. 닝보박물관은 건축물의 명성 때문이라도 꼭 와보고 싶은 곳이었다. 닝보항에서 박물관까지는 멀지 않은데다 평일이라 도로가 한산해서 금방이었다. 아침에 숙소를 나오기 전 평소 안 먹던 빵과 샐러드를 먹은 터라 점심은 늦게 먹어도 될 듯했다.

"즐거운 여행 되세요!"

박물관 앞에 채목을 내려주며 택시기사는 손까지 흔들어보였다. 인기 드라마나 여배우 이름을 꿰고 있는 걸 보면 그의 아내뿐만 아니라 그도 한국드라마를 즐겨보는 게 분명했다.

닝보박물관은 사진에서 봤던 대로 매우 독특한 건축물이었다. 중국 유명 건축가 왕슈 작품으로 건축계에서 가장 권위 있다는 프리츠커 상을 받아 더 유명해진 건물이다. 해자로 둘러싸인 건물의 첫인상은 중세의 성 같았다. 중국 스케일답게 엄청 컸고 박물관을 감싼 소재가 지극히 동양적으로 보였다. 바람과 태양과 흙이 공간마다 가득 담겨 있고 건물의 면과 선의 흐름이 제각이면서도 이채로운 조화가 눈을 잡아끌었다.

평일이어서 그런지 박물관 안이 한산했다. 여유롭게 박물관을 둘러보기엔 더없이 좋았다. 일층에서는 마침 룽취안 요 특별전이 열리고 있었다. 그녀 외할아버지 그물에 걸려 올라온 도자기가 바로 저장성 룽취안 요 가마에서 구워진 청자화병이었기에 반갑고 가슴이 뛰었다. 룽취안 요는 중국에서도 이름난 도자기 생산지다. 천 년의 전통을 자랑하는 룽취안 요 청자는 특히 그 빛깔로 유명하다. 은은하고 투명한 푸른빛, 중국인들은 이를 비색이라고 불렀다. 선은 화려하면서도 정교했다. 화병과 접시, 향로, 연적, 찻잔, 불상과 인형 수백 점이 일층 전시실을 채웠다. 특별전을 다 둘러본 채목은 계단을 걸어 이층으로 향했다. 이층은 칠천 년 전 신석기문화로부터 근대 닝보의 유물들이 전시되어 있었다. 닝보항과 저장성의 생활문화가 담긴 유물이 무려 육만 점이나 되었다. 중국 저장성 제일의 항구도시답게 목선 등 해상무역에 관한 전시물이 많았다. 다문다문 카메라 셔터도 눌러가며 구경했다. 한참을 전시물에 빠져 있던 채목은 장신구들을 모아놓은 칸에서 눈에 익은 것을 발견했다. 오밀조밀한 토기인형이 조롱조롱 매달려 있는데 그중 하나가 그녀 목걸이 펜던트를 닮았다. 복을 가져다주고 화를 물리치는 인형으로 흔들면 방울소리가 난다는 설명이 적혀 있었다. 그녀 목걸이도 흔들면 소리가 났다. 채목은 파우치 안에 든 목걸이를 꺼내려고 가방을 열었다가 지난 번 사고 때 잃어버렸다는 것을 떠올렸다. 채목은 먹먹해져서 인형을 한동안 뚫어져라 쳐다봤다.

문득 시장기를 느낀 채목은 박물관을 나왔다. 어느새 두 시간이나 지났다. 바람은 찼으나 햇살이 눈부셨다. 늦은 점심을 먹을 요량으로 가까운 시내로 향했다. 닝보시내는 비교적 정리가 잘 되고 말끔했고 적당히 활기가 넘쳐 보였다. 거대한 강이 수천 년을 유유히 흘러내려오듯 이곳 건물과 거리는 예스러움과 새로운 것들이 조화를 이루며 안정감을 갖췄다. 오래된 거리는 조용하고 한적하며 현대적 건물은 럭셔리했다. 잿빛 건물 사이로 난 골목들이 간혹 그녀 시선을 끌었다. 그 골목을 따라 들어가면 수백 년 전 어떤 하루가 그녀에게 손 내밀 것 같은 상상이 들었다. 어디선가 음식냄새가 흘러나왔다. 이곳에서 나는 모든 냄새는 낯설면서도 또 한편으론 정겨웠다. 채목은 길을 걷다 가장 먼저 눈에 띄는 햄버거가게에 들어가 치킨버거를 주문했다. 배가 몹시 고픈데다 맘 편히 혼자 먹기엔 햄버거가 제격이었다. 햄버거로 배를 채우고 맞은편에 보이는 카페에 들어갔다.

"칭 게이워 이베이 아메리카노!"

아메리카노 한 잔을 주문하고 카페를 둘러봤다. 카페라기보다는 꽃차 전문점이 더 어울렸다. 이름을 알 수도 없는 여러 색과 모양의 꽃차가 새하얀 진열대 칸칸마다 놓여 있었다. 유리병 속에 담긴 색색의 꽃도 예쁘지만 포장은 더 화사했다. 카페 안은 갖가지 꽃향이 뒤섞여 이국적인 느낌이 물씬했다. 꽃차가 진열된 반대쪽 칸칸마다 찻잔이 놓여 있었다. 금박과 꽃무늬가 장식된 찻잔은 화려했고 고급스러웠다. 찻잔을 보니 엄마가 떠올랐다. 엄마와 여행할 때면 기념이 될 만한 접시나 찻잔을 하나둘 사오곤 했다. 시루섬 엄마 카페에 진열된 대부분의 잔들이 그것들이었다. 채목은 진열대를 이리저리 둘러보다 엄마가 좋아할 만한 찻잔세트를 발견했다. 찻잔과 받침에 연자줏빛 테두리를 둘렀고 순백의 바탕에는 나뭇잎 그림과 오언절구의 한시가 두 행씩 나누어 적힌 찻잔세트였다. 계산을 하고 포장을 기다리는 사이 전화벨이 울렸다. 박 교수였다.

13

겨울과 봄 그 사이

몇 번의 폭설과 눈바람이 지나가고 한낮으론 햇살이 제법 부셨다. 바다 저 멀리서부터 봄이 오고 있었다. 어릴 적부터 도화는 계절이 바다 저 끝 수평선에서부터 천천히 아주 천천히 오는 거라고 믿었다. 겨울이 거칠고 우악스러운 사내처럼 들이닥친다면 봄은 숫기 없는 아이처럼 머뭇머뭇 걸어왔다. 여전히 겨울인 듯 쌀쌀하다 어느 새 봄이 와 있었다.

아침저녁으로 바람이 찼다. 도화는 난로에 불을 피우느라 열어둔 창문을 닫았다. 겨우내 카페를 스쳐간 눈바람이 유리창에 미련 혹은 그리움 같은 얼룩을 묻혀놓았다. 그녀는 홀 청소를 하고 난롯불을 피우고 또 커피를 내리다 말곤 문득문득 쾌영을 떠올렸다. 등 뒤에서 쾌영이 '사장님, 그건 제가 잘 합니다' 하며 툭 튀어나올 것만 같았다. 그가 카운터에 올려두고 간 봉투와 채목의 목걸이는 그 자리에 그대로 놓여 있었다. 도화는 유리창 얼룩부터 지워야겠다고 생각을 했다. 그때 카페 전화가 울렸다.

"엄마, 나!"

"그래."

"휴대폰을 안 받아서 카페로 했어."

"……."

"나, 출장 다녀왔어."

"알아, 기사 봤어."

"엄마 보러 내려가도 돼?"

"그러든가."

"에이, 엄마! 아직도 나한테 삐진 거야?"

"끊자. 바쁘다."

"저기, 잠깐만!"

"……."

"교수님이 엄말 만나고 싶으시대. 같이 가려고……."

"미쳤어?"

"엄마한테 할 말이 있으시대."

"너, 정말……. 끊어!"

도화는 하마터면 송수화기를 바닥에 내리칠 뻔했다. 숨을 고르며 정수기에서 냉수를 뽑아 벌컥벌컥 들이켰다. 채목이 오늘 또 다시 화를 돋웠다. 조만간 채목을 불러서 어떤 말이든 해줘야겠다는 생각이 들었다. 어렸을 때부터 채목은 아빠에 대해 자주 물었다. '나는 왜 아빠가 없는 거야?' 그러다가 차츰 자라면서 물음이 달라졌다. '아빠는 어떤 분이셨어?' 도화는 어린 딸에게 아빠의 부재를 달리 설명해 줄 말을 찾지 못했다. 그래서 대답은 한결 같았다. '너 어렸을 때 돌아가셨어.'

기석이 실종되던 날 도화는 만들 선착장에서 정신을 잃었다. 만삭의 배가 바닥에 부딪친 충격으로 하혈이 있었다. 출산예정일이 아직 한 달 넘게 남았던 터였다. 때마침 선착장에는 해경선이 정박해 있었다. 도굴선을 발견한 감시초소원의 신고로 출동한 해경선이었다. 도화는 해경선에 실려 황급히 목포 큰 병원으로 옮겨졌다. 산모의 의식이 불안정한데다 출혈이 심해서 산모와 아기 모두 위험한 상태였다. 결국 제왕절개로 아이를 낳았다. 딸이었다.

뒤늦게 병원을 찾아온 그의 아버지는 아이를 안 보겠다고 버텼다. 겨우 열아홉 살 딸이 홀로 아이를 낳았고 아이아빠는 실종된 상태였다. 실종이라고 하지 말고 차라리 사망이라고 말해주길 바랐다.

"아기는요?"

도화가 정신이 들고 나서 내뱉은 첫마디가 아기였다.

"몸이나 얼른 추슬러라. 죽을 고비 넘기고 살아났응께."

"아들이에요? 딸?"

"……."

아버지는 대답을 안 했다. 도화는 아버지가 나쁜 마음을 가지고 있다는 느낌을 받았다.

"그 사람 살아 있을 거예요. 잠수를 얼마나 잘하는데요. 꼭 돌아온다고요."

"오늘이 사흘 짼디 안즉 소식이 없다. 지가 암만 잠수를 잘해도 그렇지, 차디찬 물속에서 사흘씩이나 어쭈고 살아 있겄냐."

아버지는 어떻게든 딸에게 기석의 죽음을 인정하도록 설득시켜야 하는 현실이 화가 나도록 잔인했다.

"애는 잊어부러라. 아예 얼굴 볼 생각도 말고. 내가 다 알아서 하마."

"그게 무슨 말이에요? 애를 어떻게 하겠다는 건데요?"

"입양소나 보육원 알아보라고 병원에 얘기해놨응게 그리 알어라."

"안 돼요! 어떻게 아버지가 그런 말을 해요? 내 아기 보여줘요. 얼른!"

도화는 소리 지르며 몸을 일으켰다. 순간 수술한 부위가 찢어지는 듯 통증이 일었다. 도화는 비명을 지르며 또 정신을 잃고 말았다.

그녀가 다시 눈을 떴을 때 아버지도 아기도 눈앞에 없었다. 도화는 입을 열 기력도 없어 그저 눈물만 흘렸다. 앞길 창창한 딸의 처지를 바라보는 아버지 마음을 헤아리자니 한쪽 가슴이 무너졌다. 기석을 잃은 슬픔이 채 터지지도 않았는데 아기마저 없다면 더 이상 그녀가 살아야 할 이유가 없었다. 도화는 이를 앙다문 채 팔뚝에 꽂힌 주사바늘을 뽑아버렸다.

얼마나 시간이 지났을까. 톡, 토독, 툭…… 무언가 그녀 심장을 두드렸다. 아주 부드럽고 사랑스러운 두드림이었다. 도화는 눈꺼풀을 움직여 자신을 두드리는 것이 무언지 두리번거렸다. 그녀 눈앞에 아니, 그녀가 누운 바로 옆에 아기가 놓여 있었다. 복동어매가 사준 배냇저고리를 입은 아기가 팔다리를 내젓다가 그녀 가슴에 탁, 탁 닿았던 거였다. 아기는 울지도 않고 그녀에게 까맣고 반짝이는 눈을 맞췄다. 아기와 눈을 마주친 순간 그녀 가슴이 빠르게 뛰었다. 기석을 처음 만났던 그날처럼.

"깐난쟁이는 입양이 잘 되야서 바로 연락이 왔드라. 참말로 맴 독하게 먹고 보내불라고 했는디, 그랬다간 하나 남은 너까정 잃을 거 같은 생각이 들더라. 저거라도 곁에 있어야 니가 살라고 발버둥칠 거 같아서…… 그래 안 보내기로 했다. 어쭈고 너 혼자서 저 거를 키울랑가 모르겄다마는……."

아버지는 체념한 듯 한숨을 내쉬었다. 도화는 아기의 얼굴과 손과 발을 손가락으로 가만가만 쓸며 미소를 지었다. 슬픔인지 기쁨인지 모를 눈물이 볼을 타고 흘러내렸다.

그때 굴뚝 연기가 역류하면서 난로 문 틈새로 연기가 뿜어져 나왔다. 홀에 연기가 차면 화재경보기가 울린다. 급히 창문과 출입문을 열었다. 맞창으로 바람이 들어와 연기를 빠르게 거둬갔다. 연기는 금세 빠져나갔지만 출입문을 그대로 열어둔 채 무심히 텅 빈 주차장을 바라봤다. 아직 손님이 오기엔 이른 시각이었다.

그녀가 카페 문을 열면 가장 먼저 커피머신을 켠다. 머신이 예열되는 동안 난롯불을 피우고 청소를 한다. 청소가 끝나면 그날의 첫 커피를 내려 맛을 봤다. 커피 맛은 그날그날 달랐다. 그날그날 다른 그녀 기분처럼.

머신이 충분히 예열되었다. 그라인더 스위치를 올려 원두를 분쇄했다. 그때 '커피는 타이밍이라고요!' 하던 쾌영이 떠올랐다. 쾌영이 탬퍼에 원두가루를 넣고 탬핑하는 모습은 그녀 눈에도 멋있었다. 카페에서 아르바이트로 배운 실력이라고 믿어지지 않을 만큼 머신을 다루는 손놀림이 능숙하고 여유로웠다. 커피에 대해선 도화보다 훨씬 더 전문가였고 제대로 커피를 즐긴다는 느낌을 받았다.

'저는 주문하는 손님을 보면 커피 취향을 짐작할 수 있어요. 아, 이 분은 커피를 진하게 드시겠구나. 이 분은 아주 맑고 순한 걸 원하실 거야. 저 분은 달달하고 부드럽게, 또 저 분은 뜨겁게 드려야지……' 하고 자신만만하게 말한 적이 있다.

도화가 신기해서 '어떻게요?' 물었더니, '뭐라 설명할 순 없는데 저는 그런 게 보여요. 게다가 대부분 맞거든요' 했다.

그가 정말 사람 마음을 읽는 능력이 있을지도 모른다는 생각에 이르자 얼굴이 화르르 붉어졌다. 출입문을 닫으러 나가는데 때마침 복동어매가 들어왔다.

"청소한다고 이 문을 활짝 열어놨으까?"

오늘도 어김없이 한 손에는 검정봉지가 들려 있었다.

"어서 오세요."

"추운디 문을 왜 열어놨대?"

"불을 피웠더니 연기가 차서요."

"맞네! 여그는 난로 때재?"

"네. 지금 커피 내리는데 한 잔 드실래요?"

"주면 어디 한잔 마셔 보까?"

"아침은 드셨어요?"

"진즉에 먹었재. 이거 씻거서 한 끼 무쳐 먹어보라고."

세발나물이 든 봉지였다. 복동어매는 제비가 먹이를 물어다 주듯 줄기차게 카페에 반찬거리를 넣어주고 갔다.

"이건 언제 뜯어왔어요?"

"요샌 이런 거 뜯어먹는 사람이 읎어 그렁가 바우에 한나 찼어야."

"암튼, 부지런하세요."

도화는 에스프레소에 뜨거운 우유를 섞고 거기다 설탕시럽을 열 번 정도 펌핑해서 복동어매에게 내줬다.

"인자 따땃해지면 여그도 바빠지겄네."

"그렇겠죠."

"혼자서 힘들재?"

"뭐, 살살하다가 아르바이트 구해야죠."

"카페가 넘들 보기엔 그럴싸해 보여도 중노동이잖여. 죙일 물에 손 넣고 쉴 틈도 없고. 그렇다고 큰돈이 들어오길 하나……."

"잘 아시네요."

"알재. 작년에도 관광버스 들어오믄 내가 잽싸게 달려와서 거들었잖여. 집채만 헌 버스에서 사람들이 우르르 쏟아져 나와갔고 혼을 쏙 빼고 가도 돈은 몇 푼 안 되드만."

"돈만 보곤 못 해요."

"그라고 몸 좀 애껴. 인자부턴 하루하루가 다르당게. 혼잣몸인디 내 몸 내가 건사해야재."

"네."

"채목이 고년은 한동안 새앙쥐마냥 뺀질나게 들랑날랑하더만 요샌

통 안 오네?"

"바쁘대요."

"하긴, 신문사 일이 노상 바쁘겄지."

복동어매는 입맛을 쩝쩝거리며 커피를 마셨다.

"참, 여그서 묵었던 그 남자, 인자는 쩌그 꽃섬 해당화민박에서 지내는 갑더라고."

도화는 두 눈이 똥그래져서 복동어매를 쳐다봤다.

"그 사람이 아직도 여기 있다고요?"

"어지께 맛 잡으러 꽃섬 노두 쪽으로 갔드만, 차타고 꽃섬을 나오더랑게. 그 허연 차 맞재?"

"하얀 차가 한두 댄가요?"

"아따, 맞당게. 조오 주차장에 내둥 서 있던 그 차랑게."

도화는 쾌영이 아직 섬에 있다는 말에 가슴이 뛰었다.

"암만 해도 그 사람 겁나게 수상하당게. 생긴 것도 쪼깐 그라고잉."

"그냥 여기저기 여행 다니는 사람이에요."

"아녀. 복춘이 갸한테 들었는디 쪼깐 수상한 디가 있는 갑드라. 코딱지만 한 여그를 여지껏 얼쩡거리는 것도 그렇잖애. 너도 항상 조심혀라이. 사람이 질로 무서야."

복동어매는 재차 도화에게 조심하라고 이르고는 돌아갔다. 복동어매가 주고 간 세발나물을 씻다가 한 가닥을 입에 넣었다. 아삭아삭 씹히는 맛이 생경하고 소금기 밴 짭조름한 맛이 정겨웠다. 살짝 데쳐서 갖은양념에 조물조물 무쳐도 되고 부침가루 넣고 전을 부쳐도 맛나다고 복동어매가 요리법도 일러줬다. 도화는 쾌영이 세발나물 요리를 맛본다면 어떤 표정을 지을지 또 어떤 감탄사를 쏟아낼지 상상해 보았다. '입안에서 바다가 쏴아 쏴하고 씹혀요.'라든가 엄지를 치켜들고 '으음! 정말 끝내주는 맛인데요!' 하며 눈을 크게 뜨는 모습이 그려졌다. 도화는 순간 자신의 머릿속을 맴도는 그를 털어내려고 머리를 세차게 흔들었다. 그때 마침 첫 손님이 카페에 들어왔다. 둘이 손을 꼭 잡은 중년의 남녀였다. 그들이 주문을 하러 주문대 앞에 섰을 때, 쾌영의 말을 떠올리며 그녀도 두 사람의 커피 취향을 짐작해봤다.

'남자 분은 아메리카노, 여자는 카푸치노?'

그때 여자 손님이 미소 지으며 케모마일 두 잔을 주문했다. 보기 좋게 빗나갔다. 도화는 멋쩍게 웃으며 계산을 했다. 주문을 끝내고 두 사람은 나란히 햇볕 잘 들고 바다가 훤히 보이는 창가로 향했다. 남자가 여자에게 의자를 빼준 다음 다정히 마주 앉았다. 서로를 바라보는 눈빛이 부드럽고 따스했다. 중년의 사랑이 가을들녘처럼 고즈넉하고 아궁이 잉걸불처럼 뜨겁기도, 저물녘 하늘처럼 곱다는 생각이 들었다. 케모마일 두 잔을 그들 테이블에 놓아주고 돌아서던 그녀가 햇살 부신 창 너머로 눈길을 두었다.

그 많던 바닷물이 언제 다 빠져나갔는지 갯벌이 훤히 드러났다. 갯벌 위로 햇살이 부서져 내렸다. 바다가 어느새 봄으로 가득했다.

14

불청객

창밖으로 어둠이 개개풀어지기 시작하면 테이블 군데군데 앉아 있던 손님들이 약속이라도 한 듯 일어나 하나 둘 카페를 나갔다. 그들은 어둠에 밀려 퇴각하는 패잔병처럼 안전한 은신처로 총총 향하는 듯 보였다. 인적이 썰물처럼 사라진 카페는 한산하다 못해 적막했다. 도화는 손님이 빠져나간 테이블을 돌며 빈 잔을 모아서 싱크대에 밀어넣었다. 손님이 썩 많지도 않았는데 싱크대에 컵이 수북했다. 컵을 씻으려고 고무장갑을 꼈다. 수세미에 세제를 묻혀 조물조물 거품을 내어 컵을 하나하나 씻었다. 특히 립스틱 묻은 컵을 꼼꼼하게 씻어야 했다. 요즘 립스틱은 잘 지워지지 않았다.

한참 설거지에 열중일 때 출입문이 열리는 소리가 들렸다. 도화는 설거지를 계속하면서 출입문 쪽을 향해 소리쳤다.

"죄송해요. 영업 마쳤습니다."

그러면서 고개를 들어 출입문 쪽을 바라봤다.

"오랜만이죠. 그간 잘 지냈나요?"

도화는 한 눈에 그를 알아봤다. 이십칠 년 세월이 무색하게도 그는 그대로였다. 박 교수가 천천히 그녀를 향해 다가왔다. 순간 도화는 현기증을 느꼈다. 아니 메스꺼움이었다. 작고 가는 몸이 바르르 떨렸고 얼굴에 경련이 일었다. 고무장갑을 낀 손에서 물이 뚝뚝 마룻바닥으로 떨어졌다.

"어떻게, 여길……."

"엄마!"

바로 채목이 뒤따라 들어왔다.

"너, 내가 싫댔지? 오지 말랬잖아!"

도화는 채목에게 소리를 질렀다.

"내가 오겠다고 했어요. 꼭 한번 만나보고 싶어 결례인 줄 알면서 이렇게 왔어요."

도화는 화를 참느라 숨을 빠르게 내쉬었다. 그녀 가슴이 몹시 부풀었다가 가라앉기를 되풀이했다. 어깨까지 들썩거렸다.

"정말 뻔뻔도 하시네요. 보기 싫으니까 당장 나가세요."

"엄마, 진짜 너무하는 거 아냐? 교수님은 카페 손님이기도 하잖아!"

채목이 대들었다. 그런 딸이 도화는 낯설고 한편 서운했다.

"어허! 서 기자는 가만있게."

박 교수가 채목을 말렸다. 그때였다. 둘이서 주고받는 꼴을 보다 못한 도화가 설거지하던 유리컵을 집어들어 바닥에 내리쳤다.

"둘 다 여기서 나가!"

박 교수가 선 곳 바로 앞에서 유리컵이 날카로운 소리를 내며 박살났다. 유리컵 파편과 세제 섞인 물이 박 교수 바짓단에 튀었다.

"엄마!"

채목이 눈을 치뜨고 빽 소리를 질렀다.

"서채목, 넌 가만히 있어."

도화가 채목을 향해 소리치고는 다시 박 교수를 향해 퍼붓기 시작했다.

"철없는 애한테 무슨 말을 했는지 몰라도 그렇다고 당신이 한 짓이 없어지진 않아. 당신은 하나도 안 변했어. 그때나 지금이나 당신은 악마야!"

도화는 고무장갑을 벗어 던지고 방에 들어가버렸다. 박 교수는 도화가 퍼붓는 소리를 한 치의 흐트러짐도 없이 묵묵히 듣고 서 있었다. 채목은 그런 박 교수의 눈치를 살피다가 재빨리 빗자루와 쓰레받기를 찾아들고 왔다. 채목이 주섬주섬 바닥에 흩어진 유리조각을 치우는 동안 박 교수는 천천히 카페 내부를 둘러봤다. 벽에 걸린 그림과 찻잔이 진열된 벽장을 한참동안 들여다보는 듯했다. 잠시 후 그는 창가 테이블에 앉아 채목이 내려준 커피를 마셨다.

"여기 바다는 정말 오랜만이야. 그날 이후로 여길 두어 번 내려오긴 했지만 이리 느긋이 바다를 바라볼 여유가 없었지."

어둠 짙어가는 바다와 어둑한 하늘에 노을이 한 가닥 여운처럼 남아 있었다. 매섭고 긴 겨울이 지나고 봄기운이 바다와 하늘에 가득했다. 채목은 마냥 속상해서 바다도 노을도 눈에 들어오지 않았다.

"이곳 노을은 여전히 곱군. 자네 어머닐 처음 본 그날도 북새가 하늘과 바다를 가득 물들였지. 그런 노을은 처음이었어. 그 속을 걸어가던 작은 소녀가 생각나네. 수줍고 여린 풀꽃 같은 소녀였지."

"저희 엄마도 교수님처럼 좋은 기억들만 간직하셨으면 얼마나 좋을까요."

"같은 상황일지라도 기억은 서로 다르게 남는 법이기도 하지. 각각의 감정이나 이해관계 같은 복잡한 것들이 그렇게 만드는 법이니까. 실은 나도 내가 기억하는 것들이 진실인지 의문이 들 때가 있다네. 어머니가 저러시는 건 분명 나에게도 책임이 있을 걸세."

채목의 눈에는 누가 뭐래도 박 교수가 지극히 이성적이고 어머니는 다분히 감정적이었다. 어머니의 그런 행동은 어딜 봐서라도 설득력을 잃었다. 채목은 그 점이 안타깝고 속상했다.

박 교수는 바로 일어섰다. 채목은 박 교수를 배웅하고 난 뒤에 카페를 마저 정리했다. 저녁 손님이 찾아올 수도 있어 출입문에 걸린 오픈 클로즈 사인보드를 클로즈로 돌려놨다. 그런 다음 씽크대 안 씻다 만 컵을 마저 씻고 호퍼에 남은 원두를 비우고 머신청소도 했다. 행주를 삶아 널고 나니 배가 고팠다.

"엄마!"

"……."

"엄마아!"

"……."

채목은 일층 방문 앞에서 도화를 불렀다. 방문을 두드리고 큰소리로 여러 번 불렀지만 안에서는 꿈쩍을 하지 않았다. 단단히 화가 난 게 분명했다. 채목은 저녁도 먹지 않고 이층으로 올라갔다.

다음 날 일찍 채목은 읍에 나가는 첫 차를 타려고 버스 정류장에 나왔다. 어제 박 교수 차를 타고 섬에 들어오는 바람에 버스를 타고 나가야 했다. 일층 방문은 아침에도 열리지 않았다. 전화기도 꺼져 있었다. 채목은 도화에게 주려고 닝보에서 사온 컵을 가방에서 꺼내 눈에 잘 띄는 카운터에 올려놓았다. '엄마, 그만 화 풀어요. 사랑해요.' 간단하게 적어서 컵이 든 종이가방에 붙이고 돌아서려는데 카운터 한쪽에 잃어버린 줄 알았던 목걸이가 가지런히 놓여 있는 게 보였다. 닝보박물관에서 봤던 그 토기인형을 닮은 펜던트도 가죽끈에 그대로 매달려 있었다. 채목은 목걸이를 집어 들고 카페를 나왔다.

아침점심으로 하루 두 번씩 마을버스가 섬을 한 바퀴 돌며 사람들을 태워서 읍내로 나간다. 광주나 목포에 가려면 읍내에서 다시 시외버스로 갈아타야 했다. 채목은 정류소에 붙은 버스 시간표를 확인했다. 여름과 겨울, 버스 시간이 달랐다. 여름은 성수기여서 버스 운행 횟수가 겨울보다 한번 더 많았다. 버스 시간표에 적힌 시간을 보면 버스는 아직 채목이 서 있는 정류소를 지나가지 않았다. 그래도 시골 버스의 고무줄시간표는 절대 안심할 수는 없었다. 그때였다. 무척 낯익은 차 한 대가 정류장에 멈춰 섰다. 하얀색 지프, 바로 쾌영의 차였다.

"어이, 예쁜 아가씨! 어딜 가시나?"

"어? 어! 안녕하세요?"

"읍내 갈 거면 타지. 나도 읍내 나가는 길이니까."

"정말요? 이거 우연은 아닌 거 같은 데요?"

채목이 재빨리 차에 오르며 장난스레 말했다.

"우연이라니, 내가 채목씨 스토커인데 몰랐나?"

"헉!"

채목이 놀란 표정을 짓자 쾌영이 씨익 웃으며 안전벨트를 매라고 손짓했다.

"마지막으로 시루섬 한 바퀴 돌고 이곳과 작별하려고 일찍 나선 거야."

"그동안 쭉 여기 계신 거였어요? 지난 주에 저희 집에서 나가셨다고 들었는데?"

"좀 더 지내려고 방을 옮겼어. 사진도 찍고 글도 써야 해서. 그 사이 서울에도 한번 다녀왔고……."

"저희 집에선 왜 나오신 거예요? 엄마가 나가랬어요?"

"아냐, 내가 나온 거야."

"절대 아닐 걸요. 요즘 저희엄마 좀 이상하지 않던가요?"

"이상하다니? 뭐가?"

"툭하면 화를 내요. 도대체 엄말 이해할 수가 없다니까요."

"엄마와 딸은 이해의 대상이 아니지. 인정의 대상이어야지 않나?"

쾌영은 그렇게 말해놓고 슬쩍 채목의 눈치를 살폈다.

"어젠 손님을 모시고 왔는데 엄마가 소릴 지르면서 나가라는 거예요. 글쎄 유리컵까지 던졌다니까요."

"어떤 손님인데?"

"박 교수님이요. 박물관에 계시는……."

"아!"

"교수님한테 저희 아버지에 대해 들었어요. 오래 전에 두 분이서 같이 일을 했었대요. 제 아버지 얘길 처음 들었어요. 그것도 교수님한테요."

"어머니한테도 들어봐요."

"엄마는……. 엄마는 절대 얘기 안 해줄 거예요. 지금껏 그랬는걸요. 설령 해준대도 저렇게 예민해져서 화만 내시니 제대로 얘기해줄 리가 없어요. 그 얘긴 이미 교수님한테 충분히 들었어요."

"이런, 단단히 삐졌군!"

둘이 탄 차는 염전을 지나 연륙교를 향했다. 연륙교를 지나는 동안 두 사람은 약속이라도 한 듯 말이 없었다.

"참, 중국 다녀온 기사 봤어. 또 가야 한다고?"

"네. 오월에 다시 가요. 닝보항에서 신안선 건조작업이 거의 끝나가고 있거든요. 배가 완성되면 그걸 타고 700년 전 뱃길을 따라가볼 거래요. 닝보항에서 출발해서 최종목적지 일본 하카타에 순조롭게 항해하는 게 이번 프로젝트의 하이라이트예요."

"응, 그 기사 읽었어. 나도 그 배에 타고 싶은 걸!"

"곧 일반인 승선체험단 희망자를 모집할 거예요. 아저씨도 지원해보세요. 저는 취재기자로 승선하게 되었어요."

"오, 멋지군!"

"엄만 위험하다고 말리지만, 저는 반드시 그 배에 탈 거예요."

"여자 몸으론 그런 뱃길이 위험하기도 하지. 그렇지만 기자로서 의미 있는 일이기도 해요. 참, 사장님은 잘 계시지?"

"말씀드렸죠? 나한테 화만 내신다고……. 어젯밤부터 문을 안 열어 줘서 아침에 인사도 못하고 그냥 나왔어요."

"……."

차는 금세 지도읍에 닿았다. 쾌영은 채목을 읍내터미널 앞에 내려 줬다.

"광주까지 태워줄까 했는데 내가 섬에다 두고 온 게 있어서 다시 들어가야겠어요."

"여기까지도 고마워요. 광주 가는 직행 버스 자주 있는 걸요."

"그래, 잘 가고……. 다음에 또 만나요."

채목은 손 흔들며 총총 터미널 안으로 들어갔고 쾌영은 차를 돌려 시루섬으로 향했다.

15

따뜻한 재회

탕, 탕, 탕,

카페 문은 굳게 닫혀 있었다. 난로 연통에서 연기도 나지 않았다. 쾌영은 유리창으로 안을 들여다보다 다시 문을 탕, 탕 두드렸다. 기척이 없다. 전화를 걸어도 받질 않았다. 쾌영은 도화가 잠자는 안방 쪽으로 돌아가서 뒷문을 두드렸다. 역시 기척이 없었다.

"이봐요! 문 좀 열어봐요!"

불길한 마음에 쾌영은 소리를 질렀다. 그때 건너편에서 복동어매가 뛰어왔다.

"여보시요! 믄 일로 그라요?"

"저기 안에 사람이 있을 텐데 대답을 안 해요."

"아따, 카페 열라면 아직 멀었어라이."

"어젯밤부터 기척이 없대요. 아무래도 불길해요. 파출소에 신고해야겠어요."

"내가 이 문 열 줄 알어라이. 지달려 보쑈."

복동어매가 집으로 뛰어가더니 종이에 적어놓은 카페 도어락 비번으로 문을 열었다. 문이 열리기 무섭게 쾌영이 카페 안으로 뛰어들었고 복동어매가 뒤쫓았다. 쾌영은 일층 방문 앞에서 도화를 불렀다. 그래도 인기척이 없었다. 차마 방문을 열지 못하고 머뭇거리자 복동어매가 쾌영을 밀치고 방으로 들어갔다. 곧바로 복동어매 소리가 터져 나왔다.

"오메! 사람이 맥을 못 추네! 이보시요! 그러고만 있지 말고 들어와 봐요."

쾌영은 엉겁결에 방에 들어갔다. 그녀 머리와 몸이 땀으로 흠뻑 젖어 있었다. 고열에 얼굴은 벌겋고 입술이 바싹 타서 하얗고 탈진한 것처럼 팔다리를 제대로 가누질 못했다.

"물, 우선 물부터 좀 가져다주세요."

쾌영이 도화를 안아 일으키며 복동어매한테 말했다. 복동어매가 물을 받아왔고 그것을 입에 대자 도화가 입술을 움직여서 물을 삼켰다.

"아이고! 이 사람아! 어쩌까나! 언능 병원으로 델꼬 갑시다!"

그때 도화가 힘겹게 손을 저어 말렸다.

"잠시만요."

쾌영이 주차장으로 달려가더니 차 안에서 구급약상자를 꺼내왔다.

"자요. 해열제! 열부터 내립시다."

도화는 고분고분 쾌영이 내미는 약을 삼켰다. 약을 먹인 뒤 복동어매가 도화의 젖은 옷을 갈아입히고 침구를 바꿨다. 그러는 동안 쾌영은 카페 난로에 불을 피웠다.

복동어매가 미음을 쒀오겠다며 집으로 가고 약을 먹은 도화는 잠이 들었다. 쾌영은 카페 창가에서 생각에 잠겼다. 한낮이 지나 잠에서 깬 도화는 복동어매가 쒀 온 미음을 몇 숟갈 먹었다.

"이것아, 아프면 아프다고 전화를 할 것이재. 엊저녁에 채목이 왔다고 해서 신경을 안 썼드만……, 이 양반 아녔으면 아조 초상 치를 뻔했당게."

도화가 퀭한 눈으로 쾌영을 올려다봤다.

"시상, 고독사가 넘 일인 줄 아냐? 내가 얼매나 놀랬능가 아직도 가심이 벌렁거린당게."

복동어매는 생각할수록 속이 상하는지 도화를 나무랐다가 달랬다가 했던 말을 몇 번씩 되풀이하며 마음을 진정시켰다. 한참 뒤에 복동어매가 돌아가고 도화와 쾌영 둘이 남았다. 다시 해질 무렵이었다.

"저는 괜찮으니 그만 가보세요."

"아뇨. 지금은 너무 늦어서 오늘밤 이층에서 묵어야겠어요."

"저기, 식사도 그렇고……."

쾌영은 그녀가 하는 말을 못 들은 척 흘려듣고는 밖으로 나갔다. 차에서 가방을 꺼내들고 이층으로 올라가던 쾌영은 무심코 하늘을 올려다봤다. 불덩이 하나를 바다에 던져놓은 듯 눈앞이 붉었다. 하늘과 바다뿐 아니라 그가 선 주변까지 온통 붉게 물들었다. 물들었다기보다 붉은 강에 잠겼다는 말이 더 어울렸다. 쾌영은 이층 난간에 세워진 큰 돛대에 몸을 기대고 가만가만 주위를 둘러봤다.

이렇게 붉은 노을은 처음이었다. 누군가 제 심장을 터트려 하늘과 바다에 흩뿌려놓은 것 같았다. 세상이 온통 붉디붉은데 그 붉음 속에 700년 전 배 한 척이 검은 실루엣으로 떠 있었다. 그 배에 쾌영과 도화 단둘이 탔고, 둘을 태운 배는 붉은 놀을 헤치고 오늘밤 어디론가 흘러가려 한다. 오래된 배의 어느 귀퉁이에서 부스럭부스럭 닻줄 푸는 소리 들리는 듯했다.

둥둥 두둥둥, 배가 떠가는 동안 노을은 따뜻한 기억처럼 사람들에게 이야기를 들려줄 것이다. 옛날 옛적 간날 간적에……, 아무도 듣지 못하는 이야기가 하루에 한번 하늘로 바다로 흘러내렸다. 돛대에 기댄 채 검게 사위어가는 노을을 보던 쾌영은 울컥 가슴이 차올랐다. 그리움에도 색깔이 있다면 저 노을빛이라는 생각이 들었다. 그러자 세상 온갖 그리운 것들이 떠올랐다. 쾌영은 붉디붉은 강에 그것들을 죄다 풀어놓고서 꺼이꺼이 울고 싶어졌다.

쾌영은 이층 방에 짐을 풀고 일층으로 내려와 냉장고를 열었다. 냉동실에 얼린 조갯살이 보였다. 조갯살을 다져 냄비에 넣고 참기름에 볶다가 밥을 넣었다. 물을 붓고 밥이 눋지 않게 잘 젓다가 마지막으로 계란 하나를 풀어 넣었다. 즉석 계란죽이었다. 소금으로 간을 하고 위에 볶은 깨를 뿌려줬다. 마침 도화가 나왔다.

"뭐하세요?"

"계란죽이요. 제가 아플 때면 만들어 먹던 건데 맛이 어떨진 모르겠어요."

"미음도 많이 남았는데."

"미음보단 죽이 나을 거예요. 뜨거울 때 드세요."

"그쪽은?"

"라면이요. 물 얹어놨으니 먼저 드세요."

도화가 쾌영의 손에 끌려 식탁에 앉았다. 하룻밤 앓은 얼굴이 퍼석해서 딴 사람 같았다. 화장은 원래 안 하지만 오늘따라 더욱 창백했고 대충 모아 묶은 머리카락 사이로 보이는 몇 올 흰 머리마저 측은해보였다.

"혼자인 게 편하고 자유롭다가도 이럴 때는 무지 청승맞아 보이죠."

"몸 아프면 다 그렇죠."

쾌영이 라면에 계란을 깨 넣으면서 눈웃음을 보낸다.

"모처럼 라면냄새 맡으니까 군침 돌아요."

"지금은 안 돼요. 다 나으면 그때 맛있게 끓여드리죠."

둘은 마주하고 저녁을 먹었다. 도화는 계란죽을 남김없이 먹었다. 식사가 끝나고 쾌영은 설거지를 시작했다.

"저는 이거 치우고 올라갈게요. 먼저 들어가서 쉬세요."

"내내 누워 있었더니 허리가 아파요. 난로 옆에서 좀 앉았다가 들어갈게요."

쾌영은 난로에 장작 두 개를 더 넣었다. 도화가 난로 가까운 자리에 앉아 있는 동안 쾌영은 음악을 골랐다. 〈One I love〉, 메이브의 음색이 난롯불과 파도소리와 적당한 어둠이랑 어우러졌다. '하나, 내가 사랑하고 둘, 그녀도 사랑하며 셋, 그녀가 내게 진심이라는 거예요' 반복되는 노랫말을 쾌영과 도화 둘 다 따라 읊조리고 있었다. 소파에 몸을 파묻고 앉아서 음악을 듣는데 도화는 자꾸만 가슴이 울렁거렸다. 움직이는 배를 탄 것처럼 스멀스멀 멀미 같은 울렁거림이 올라왔다. 내 몸이 정말 아픈 걸까? 살짝 걱정도 들었다. 그런데 언젠가 아주 오래 전에 느꼈던 기분 좋은 울렁거림이었다.

그녀가 열여덟이던, 기석을 처음 봤을 때의 울렁거림이라는 걸 한참 뒤에 생각해냈다. 툭하면 눈물이 났고 가슴이 뛰었다. 섬에서는 아무것도 할 수 없어 늘 상상의 나래를 펴곤 했었다. 상상 속에서 수도 없이 그와 만나고 또 사랑하며 울렁거림을 가라앉히곤 했었다. 일생에 오직 한번뿐인 줄 알았던, 그래서 다시는 오지 않을 줄 알았던 울렁거림이 지금 이렇게 다시 찾아오다니. 피식 웃음이 났다.

쾌영이 따뜻한 레몬차를 들고 와서 도화 앞에 놓았다. 다른 한 손에는 커피가 들려 있었다. 도화는 커피향에 절로 끌려서 숨을 깊이, 오래 들이마셨다.

"어, 이거 제가 좋아하는 잔인데……."

레몬차가 든 잔이 눈에 많이 익었다. 내소사 다녀오는 길에 샀던 그 컵이었다.

"보면, 매번 그 컵만 집으시던데 알고 있었어요?"

"그랬나요? 제가 뭔가에 한번 꽂히면 잘 헤어나질 못해요."

"남편께도 그랬나보죠? 여태 혼자인 걸 보면……."

"남편이라는 호칭이 어색할 만큼 짧은 인연이었고 생각할수록 아픈 사람이었어요. 오래도록 혼자였던 건 아니에요. 가벼운 연애도 몇 번

해봤고 결혼을 전제로 만났던 사람도 있었어요."

"물론 그랬겠죠. 하지만 중요한 건 지금 이 순간이에요. 과거는 흘려 보내야 해요. 아픈 과거일수록 더."

"아직은……, 그이처럼 가슴을 울렁이게 한 이를 여태 만나지 못했나 봐요."

그렇게 말하고 나선 얼굴이 확 달아올랐다. 카페 안이 어두웠고 마주한 난롯불이 뜨거워서 다행이었다.

"아픈 기억뿐인 이 섬엔 왜 다시 들어온 거죠?"

"그러게요. 그 일을 겪고는 절대로 여길 다시 들어오지 않겠다고 했어요. 그런데 아버지 돌아가시고 허물어져가는 집을 본 순간 들어오기로 결정했어요. 아버지 분신 같은 집이요. 저 집이 사라지면 나를 존재하게 한 것들도 모두 사라져버린다는 불안감이 들더군요. 저 집을 잃어버려선 안 된다는 불안감이요. 아버지의 흙집을 허물고 카페를 짓기로 했어요. 배 모양으로 건물을 지은 건 군보조금을 받을 목적도 있었지만 아버지를 생각해서였어요. 바다에 아내를 잃었고 딸의 인생도 망가뜨렸다며 평생 바다를 원망하다 가신 가엾은 아버지요. 또 너무 일찍 떠나버린 그 사람도 생각났어요. 그이가 늘 그랬어요. 화야, 우리 바닷가에 예쁜 집 짓고 살자. 그이는 자기 고향바다를 늘 자랑했어요. 아이 낳으면 자기 고향에도 가자고도 했는데……. 아직도 그이가 죽었다는 생각이 들지 않아요. 그이가 홀로 너무 오래 여행 중이라고…… 그렇게 생각하기로 했어요."

도화는 긴 한숨과 함께 말을 맺었다. 그런 그녀를 쾌영은 가만 들여다보았다. 작고 여린 풀꽃 같은 여자였다. 까맣고 반짝이는 눈빛이 가슴에 들어와 잔상처럼 흔들리곤 했다. 밤하늘 빛나는 뭇빛 중에서도 유난히 눈에 들어오는 한별처럼 그녀도 그랬다.

"저도 뭐 하나 물어봐도 될까요?"

"뭔가요?"

"아직 여길 떠나지 않은 이유요. 말하기 곤란하면 안 해도 돼요."

"시루섬이 자꾸 발길을 잡아요. 제가 마음에 드나봐요. 하하!"

쾌영은 좀 머쓱한지 웃음으로 넘기려고 했다. 도화는 웃지 않았다.

"여기 좀 더 계실 거라면 저희 이층에서 지내세요. 제가 갚을 게 많아요."

"실은 오늘 이 섬을 떠날 생각이었어요. 그런데 다시 마음이 바뀌었어요. 얼마간 이층에서 지낼게요."

도화 얼굴에 안도의 빛이 번지는 듯했다. 다시 둘 사이에 가벼운 침묵이 흘렀다. 장작 타는 소리가 타닥타닥 따뜻하게 들려왔다.

쾌영이 갑자기 생각이 난 듯 말했다.

"아침 일찍 채목씨를 읍내 터미널까지 태워줬어요. 정류장에서 버스를 기다리고 있더군요."

"어젯밤에 애가 갑자기 찾아왔어요. 온다는 말도 없이."

"박 교수라는 분도 같이 왔다던데?"

도화는 대답 대신 눈을 질끈 감았다 떴다. 그녀가 들고 있던 찻잔이 가볍게 흔들렸다.

"박 교수 그 작자가 남편을 사지로 몰았다면서요. 마을 분한테 들었어요."

"그 인간은 끝까지 인정을 안 했어요. 그러고도 뻔뻔스럽게 여길 찾아왔어요."

"채목씨한테는 말해줘야 되지 않을까요?"

"그래봤자 증거가 없는 걸요. 몇 번 싸워봤지만 매번 졌어요. 죽은 사람은 말이 없으니까요. 세월이 너무 많이 지나서 이제는 더 꺼낼 수도 없게 돼버렸어요."

쾌영은 그녀에게 드리워진 그림자가 흔들리는 것을 보았다. 도화는 그날을 떠올리는 것조차 힘들어했다. 기석의 결백을 밝혀보겠다며 채목을 업고 파출소로 변호사사무실로 울며불며 쫓아다녔던 시간들이 고스란히 떠올랐다.

"내 딸이 그런 인간이랑 얽히는 게 끔찍하게 싫어요. 그 인간 보기보다 영악한 작자예요. 그 애한테 나쁜 일이 생길 것 같아 두려워요. 그 애 마저 잃을까봐……."

도화는 얼굴을 감싼 채 어깨를 떨며 울음을 쏟았다. 오래 참았던 설움이 다시 터졌고, 한번 터진 마음은 거침없이 무너지고 있었다. 쾌영이 다가가 그녀 어깨를 감싸안았다. 도화는 쾌영의 품에서 목놓아 울었다.

도화가 아프다는 말을 어머니에게 전해 듣고 카페를 찾은 복춘이 창밖에서 둘을 지켜보다 조용히 발길을 돌렸다.

16

그 바다의 진실

신안선 출항으로 닝보항이 분주했다. 제 모습을 되찾은 신안선이 마침내 출항한다. 당시 무역품으로 가득 채웠던 선실은 탑승자들의 침실과 회의실로 개조되고 항해하는 동안 먹을 식료품을 넣을 창고로도 활용했다. 한중일 학계 연구진과 기자단, 그리고 신안선 승선체험공모를 통해 선정된 일반인 오십여 명이 탑승해서 항해한다. 박 교수와 채목 그리고 오 팀장도 탑승자 명단에 들어 있었다. 쾌영은 승선체험자 공모에 신청했다가 안타깝게도 탈락했다. 대기자 명단에 들어 있어 마지막까지 기대를 해봤으나 끝내 포기하는 체험자가 없어서 쾌영의 바람은 무산되고 말았다.

채목이 닝보로 떠나는 날 쾌영이 신문사로 찾아왔다.

"섬에 안 들르고 바로 출국한대서 이렇게 왔어."

"바쁘기도 하고 엄마랑도 계속 안 좋아서요."

"그래, 아무튼 몸조심하라고."

"같이 가면 좋았을 텐데요. 진짜 안타까워요."

"괜찮아. 나 대신 잘 다녀와. 어머니랑 나는 시루섬에서 기다리고 있을게. 그리고 자 이거."

쾌영이 내민 것은 도화가 수놓던 붉은 비단천이었다. 순할 순順 자가 그녀 어머니 마음인 양 정성스레 수놓아져 있었다.

"어머니가 이거 전해주래. 부디 조심해서 다녀오라고……. 채목씨를 끝까지 말린 것도 다 딸을 아끼고 사랑하는 어머니 마음이야. 알지?"

채목은 아랫입술을 꼭 깨물며 쾌영이 건네는 비단천을 받아들었다.

마침내 출항일, 하늘은 그지없이 맑았다. 동남풍이 적당하게 불어 항해에 최적의 날이었다. 출항에 앞서 현판제막식과 신안호의 무사항해를 기원하는 뱃고사, 한중일 3국 예술단공연이 차례로 펼쳐졌다. 항구에 색색의 깃발이 나부끼고 무용수와 악단의 공연으로 항구가 들썩거렸다. 채목은 이리저리 뛰어다니며 신문사에 보낼 현장사진을 찍었고 식을 마친 박 교수와 오 팀장은 먼저 승선했다. 행사의 하이라이트로 축포가 터지면서 출항 전 행사가 절정에 이르고 있었다. 한중일 3개국 학술대회에 참가하는 각국 대표들을 비롯해서 기자와 안전요원 그리고 승선 체험단에 선정된 민간인들까지 속속 배에 올랐다. 신안선이 곧 출항한다는 방송이 울리자 채목도 서둘러 배에 올라탔다. 상철은 아까부터 그런 채목에게서 눈을 떼지 못했다.

지난 밤 박 교수와 오 팀장은 닝보에서 같은 방을 썼다. 술을 즐기는 오 팀장이 맥주 캔을 사와서는 단숨에 한 캔을 비웠다. 오 팀장이 세 캔째 따서 마실 때쯤 박 교수가 실토하듯 말했다.

"서 기자가 기석이 딸이라네. 혹시 눈치 챘었나?"

"네에?"

오 팀장은 자신이 뭔가 잘못 들었다고 생각하고 눈을 똥그랗게 뜬 채 박 교수를 쳐다봤다.

"아직 몰랐군."

"어, 어떻게, 이런 일이……."

"시루섬에 찾아가 기석이 아내도 만났다네. 뭐, 여전히 나를 잡아먹으려고 들더구먼."

"하아!"

오 팀장은 말문이 막혀서 숨만 크게 내쉬었다.

"서 기자 앞에서 행여 실수하지 말라고. 다시 말하는데 자네가 그 자리 있기까지 내가 어떻게 해줬는지 알고 있겠지?"

거의 협박에 가까운 충고였다. 오 팀장은 고개를 떨궜다. 얼마 후 그의 어깨가 들썩거렸다.

"아아, 상상도 못했어요. 서 기자가 그 녀석 딸이라니……."

"어허, 말조심 하라니까!"

"기석이 성은 한씬데 그럼 서 기자는?"

"즈이 외조부 성을 딴 거지. 둘이 혼인신고도 안 한데다 열아홉에 홀몸이 된 딸 호적에 차마 핏덩이를 올리지 못했겠지. 나라도 그랬을 거야."

"그러고 보니, 녀석이랑 서 기자 많이 닮았어요."

"……."

"그 자식, 뱃속에 든 아이가 아들일 거라고 엄청 기다렸다구요."

오 팀장은 두 손으로 얼굴을 감싼 채 흐느꼈다.

"자자, 그만하게. 내일 일찍 출항이야. 그만 마시고 일찍 눈 붙이게."

박 교수는 먼저 안쪽 침대에 누웠다.

"교수님, 이번 항해가 700년 전 침몰한 바다 속 진실을 건지는 거라고 하셨죠?"

"……."

"십 년 가까이 그렇게나 많이 건져 올리고도 여태 찾지 못한 진실이 남아 있나 보죠?"

그새 잠이 들었는지 박 교수는 말이 없었다. 오 팀장, 아니 오상철은 한동안 숙소 창밖으로 보이는 닝보 야경과 그 너머로 펼쳐진 밤바다를 바라봤다.

"출항이다. 돛을 올려라!"

뿔나팔이 울리고 서서히 배가 움직였다. 이어 오색 축포가 터지자 배에 탄 이들은 항구를 향해 일제히 손을 흔들었다. 신안선 갑판에 우뚝 선 쌍돛대에 돛이 팽팽히 부풀고 칼날 같은 뱃머리가 수면을 가르며 빠르게 나아갔다. 마침내 항해가 시작되었다. 채목은 점점 멀어지는 닝보항과 주변 풍경을 카메라에 담았다. 상철은 그런 채목을 옆에서 물끄러미 바라봤다. 그때 채목의 목에 걸린 목걸이가 눈에 들어왔다.

'이거? 부적이라고.'

어느 날 기석이 뭉툭해진 토제인형을 주머니에서 꺼내 상철에게 보여준 적이 있다. 시루섬 바닷가에서 산책하며 주웠다는 그것은 언뜻 보면 그냥 흙덩어린데 자세히 보면 사람모양이었다. 가장자리가 몹시 닳아 자세히 봐야 인형의 형태가 보였고 안에 구슬이 들어 있어 흔들면 소리가 났다. 기석은 송곳으로 인형의 올림머리 한가운데쯤에 구멍을 내어 가죽끈을 끼워서 걸고 다녔다. 침몰선에서 나온 유물일 거라고 여겼으나 그 당시 바다 속에서는 값을 매길 수도 없는 수만 점의 보물들이 화수분처럼 올라오던 터라 닳고 닳아서 형태조차 불분명한 하찮은 흙덩어리에 관심을 갖는 이는 아무도 없었다.

'며칠 전 부모님을 만나는 꿈을 꿨어. 그리고는 이걸 주웠어. 이게 수호신처럼 내게 온 거라니까.'

기석은 잠수사라는 위험한 일을 하다 보니 부적을 지니고 싶었던 모양이었다. 하필 실종되던 날 기석은 그 목걸이를 지니지 않았다. 그해 가을로 접어들면서 인양작업이 끝나자 출산을 앞둔 도화에게 목걸이를 걸어주었다.

그날따라 기석은 평소와 달랐으며 어딘지 불안해보였다. 그런 기석을 상철은 말렸다.

"너, 그거 하지 마. 이건 아닌 거 같아."

"괜찮아. 이번이 끝이야. 이거만 끝내고 도화랑 아기 데리고 여길 나가서 살 거니까. 그때부턴 행복 시작이라고."

"난 그 인간 절대 안 믿어."

"나도 마찬가지야. 하지만 그의 약점을 쥐고 있는 건 우리야. 그러니까 크게 걱정하지 않아도 될 거야."

기석은 상철의 만류를 끝내 듣지 않았다.

"만약 내가 잘못되면 도화랑 아기를 부탁할게. 꼭!"

그 말이 마지막이 되고 말았다.

"그 목걸이는……."

상철이 입에서 저도 모르게 튀어나왔다.

"이거요? 제 수호신이에요."

카메라를 든 채목이 하얀 이를 드러내며 웃었다. 웃는 얼굴에서 기석이 겹쳐보였다.

"서 기자 어릴 때 어머닌 무슨 일을 하셨어?"

"저희 엄마요? 첨엔 분식집 하다가 나중에는 식당도 했어요. 분식집 할 땐 제가 어려서 엄청 힘드셨대요. 근데 왜요?"

"그, 그게, 갑자기 궁금하네. 혼자 어떻게 아이를 낳아 키웠을지? 더구나 그 어린나이에……. 암튼 고생 많으셨겠어."

"그러게요. 그래서 엄마한테 특별히 잘 해드려야 하는데 이번에도 엄청 속을 썩이고 여기까지 왔어요."

채목은 금세 시무룩해지고 말았다.

사나흘 항해는 순조로웠다. 하루하루가 지루할 만큼. 일기예보 또

한 순항을 예고했다. 신안선은 하카타로 곧장 가지 않고 시루섬에 닻을 내리기로 예정되어 있었다. 시루섬 앞바다 무역선이 침몰한 지점에서 진혼제를 지낸 후 식수와 식료품을 공급받아 항해를 계속하는 일정이었다.

'엄마,내일오후쯤시루섬에닿을예정이야. 보고 싶어.'

채목은 매일 도화에게 안부를 알렸다. 물론 돌아오는 답은 없었지만 꼬박꼬박 문자를 확인한다는 걸 알고 있었다.

한국의 서해연안이 가까워지면서 섬이 하나씩 둘씩 모습을 드러내기 시작했다. 섬이 보이자 채목은 가슴이 뛰었다. 이제 시루섬에 닿을 날도 머지않았기에. 섬들도 구름처럼 제각각의 모습으로 바다에 떠 있었다. 어떤 건 맹수 같고 어떤 건 물고기를 닮았다. 배가 섬에 바싹 붙어 지날 땐 섬에 핀 샛노란 원추리 꽃이 보였다. 사람 없는 섬에도 꽃들은 피고 졌다. 파도가 심한 곳은 깎아지른 절벽이 기이한 형상으로 섬을 둘러쳤다. 섬은 그렇게 서서히 모습이 변해오고 있었다. 채목은 사진기로 눈앞에 펼쳐진 풍경을 담았다. 엄마에게 보여줄 셈이었다. 바람이 잔잔한 듯해도 파도는 일었고 배가 몹시 흔들렸다. 오랜 항해로 멀미를 하는 이가 더러 있었다. 게 중 상태가 심한 몇은 시루섬에 정박하는 날 하선하기로 결정했다.

시루섬 도착을 하루 앞둔 저녁이었다. 다소 긴장이 풀리고 식사자리에서 가볍게 술잔이 오고 갔다. 채목은 일찌감치 식사자리를 벗어나 갑판에 나와 밤바다를 둘러봤다. 별빛이 눈부시게 쏟아졌다. 배는 불빛 하나 없는 검은 바다를 지나고 있었다. 밤바람에 제법 파도가 높았고 바람이 찼다. 700년 전 그날의 뱃길도 오늘밤과 별반 다를 건 없었을 거라며 채목은 고개를 들어 밤하늘을 올려다봤다. 그날도 별빛은 눈부셨고 사방은 컴컴했으며 배에 탄 이들은 제각각의 신념을 부여잡고 하루하루를 견뎠으리라. 고향에 두고 온 가족을 그리거나 무사항해를 마치고 손에 쥘 몫을 셈하기도 했을 테고 장기나 바둑을 두며 무료함을 달랬을 것이다. 다음 항해할 곳을 떠올리는 이도 있었을 것이다. 그러다가 태풍을 만나 배가 부서지고 순식간에 그들의 꿈은 바다 저 밑으로 가라앉아버렸다. 여기까지 떠올렸을 때 채목은 으스스 한기를 느꼈다. 그만 선실로 들어가려고 몸을 돌렸다. 그때였다.

"그 녀석을 생각하면 정말 죽고 싶다고요!"

"이봐, 자네 많이 취했어. 그만 들어가 쉬게."

"취했죠. 네. 취했습죠. 제가요, 너무너무 비겁한 놈이라서요, 맨 정신으론 교수님한테 감히 이런 소릴 못하죠. 네, 취한 거 맞습니다. 취한 김에 한 말씀만 드릴까요? 한번만이라도 기석이 그 녀석한테 사죄하시라고요."

"어허, 이 사람이…… 입조심하라니까!"

"그 친구는요, 교수님이 시키는 대로 물에 들어갔다고요. 먼저 제안하셨잖아요. 출산이 코앞이라서 돈이 필요한데 어떡합니까? 들어가라면 들어가야죠."

"그 입 닥치게!"

박 교수가 새된 소리로 상철을 노려봤다. 두 주먹을 바투 쥐고 입을 앙다문 채 당장이라도 상철의 입을 강타할 태세였다.

"낌새를 채고 감시단이 쫓아오자 당신이 산소줄을 끊어버렸잖아! 녀석을 죽여놓고 다 뒤집어씌웠어! 당신은 살인자야!"

퍽!

기어이 박 교수가 주먹을 날렸다. 상철이 얼굴을 감싸고 갑판 위에 쓰러졌다. 박 교수는 쓰러진 상철을 깔고 앉아 목덜미를 움켜잡았다.

"죽을라고 환장했군!"

"녀석을 죽였으면 그 가족이라도 돌봤어야지. 나한테는 충분히 보상했다고 거짓말까지 했어. 도화 씨가 시장통에서 분식집하면서 애를 키웠다잖아. 당신은 악마야!"

"그래? 악마가 뭔지 보여주지."

박 교수가 상철의 목을 두 손으로 짓눌렀다. 술에 취한 상철은 박 교수를 당해내지 못했다. 그때 돛대 뒤에서 이들을 지켜보던 채목이 비척거리며 걸어 나왔다. 채목을 본 박 교수는 유령이라도 마주한 표정이었다.

"엄마가 왜 당신을 그렇게 싫어했는지 이제야 알겠어요!"

"아니야. 그 일은 사고였어. 그, 그러니까, 녀석이…… 아니 자네 아버지가 도굴꾼들과 작당해서 그걸 빼돌리려다가……."

퍼, 퍽!

상철이 몸을 일으켜 박 교수 얼굴에 주먹을 날렸다. 마침내 둘이 뒤엉켜서 갑판을 뒹굴었다. 퍽, 퍽 상대의 얼굴에 가슴에 주먹이 오갔다. 파도가 뱃전을 치면서 배가 휘청댔다. 둘은 맞붙은 채 뱃전 가장자리로 굴렀다. 엎치락뒤치락 위태롭게 뱃전에서 치고받았다. 그러다 외마디 비명이 어둠을 가르며 바다로 툭 떨어졌다. 아…… 채목이 그 자리에 털썩 주저앉았다. 그녀의 몸이 머리끝에서 발끝까지 반으로 쫘악 갈라지는 듯한 끔찍한 통증이 지나갔다. 이 순간이 악몽이길 그녀는 바랐다. 그런 바람도 잠시였다. 검은 물체 하나가 채목을 향해 걸어왔다. 채목은 몸이 굳어 더는 움직일 수가 없었다.

"봤지? 사고였다고! 너도 똑똑히 봤잖아?"

박 교수였다. 그의 셔츠는 뜯기고 입술이 터져 피가 목을 타고 흘러 셔츠를 적셨다. 박 교수는 공포에 질려 바들거리는 채목의 양쪽 어깨를 두 손으로 우악스럽게 움켜잡고 흔들었다.

"저 녀석이 먼저 날 죽이려고 했어. 너도 봤잖아. 응?"

채목은 고개를 세차게 가로저었다. 그러자 박 교수가 채목을 섬뜩하게 노려봤다.

"너, 아버지 보고 싶다고 했지?"

"살려주세요."

살기 가득한 목소리에 채목은 눈을 감아버렸다. 박 교수는 채목의 어깨를 꽉 움켜잡은 채로 갑판 가장자리로 한 발짝씩 밀었다. 그는 이미 이성을 잃었고 숨소리가 짐승의 그것처럼 거칠었다. 채목은 그만 다리가 풀려 그대로 주저앉았다.

"일어나!"

박 교수가 바닥에 주저앉아 바들바들 떠는 채목의 팔을 잡아 일으켰으나 채목은 다시 주저앉아버렸다. 독이 바짝 오른 그가 이번엔 채목의 멱살을 잡았다. 그때 박 교수 손에 채목의 목걸이가 잡혔다. 박 교수는 목걸이를 잡아챘다.

"이게 뭐지? 아하! 부적이군! 멍청한 새끼…… 이깟 돌덩이 따위가 저를 지켜준다고 믿다니 말야. 그러니까 디진 거야."

박 교수가 목걸이를 쥐고는 마치 실성한 것처럼 중얼거렸다. 정신을 가다듬은 채목은 주머니에 든 휴대폰을 꺼내 단단히 쥐고 그의 얼굴을 향해 힘껏 내리쳤다. 그가 얼굴을 감싸고 고꾸라지자 그 틈에 일어나 선실 쪽을 향해 소리치며 뛰었다.

17

넋드리춤

이튿날 동틀 무렵에 신안선은 만들선착장에 닻을 내렸다. 선착장에 경찰차와 앰뷸런스가 대기하고 있었다. 배안에도 긴장감이 맴돌았다. 배가 닿자 채목과 박 교수는 병원으로 실려 가고 해경은 실종된 상철을 수색했다. 가슴 졸이며 채목을 기다리던 도화는 사고소식에 또 다시 크게 휘청했다.

"아! 엄마……."

그녀는 아직도 엄마를 부르고 있었다. 그녀에게 엄마는 신이었다. 아니, 신보다 우선인 존재였다. 그녀가 어렸을 때 그녀 어머니도 엄마를 부르며 울었다. 아버지와 크게 싸우고 난 뒤나 할머니께 지청구를 듣고 서러울 때면 한밤중 바닷가에 나가 울음을 쏟았다. '어매 어매 우리 어매요, 뭇헐라고 날 낳았소' 하며 목 놓아 울던 어머니를 어린 그녀는 먼발치에서 지켜보았다. 어머니 울음소리는 어린 가슴을 아프게 헤집었고 행여 어머니가 영영 집에 돌아오지 않을까봐 어둠 속에서 가슴을 죄며 기다렸었다. 그러다가 어머니가 울음을 그치고 집으로 걸음을 옮기면 재빨리 달음박질해서 먼저 집에 돌아와 이불 속으로 몸을 숨겼다. 잠든 척 누웠지만 어머니는 그녀의 차가운 발과 손을 어루만지며 다시 속울음을 삼키곤 했었다.

사고 소식에 충격을 받은 도화를 쾌영이 부축해서 차에 태우고 채목이 있는 병원으로 향했다.

"너무 걱정 말아요. 채목 씬 보기보다 강한 친구니까요."

눈물을 흘릴 기력조차 없는지 멍하니 차창을 바라보는 도화를 쾌영이 애써 위로했다. 도화는 종이꽃처럼 무표정했다. 어쩌면 예감된 사고였다. 무슨 수를 써서라도 채목을 말렸어야 했다. 누구보다 박 교수를 잘 알면서도 그것을 막지 못한 자신을 한없이 자책했다. 그녀는 반복되는 자신의 불행 앞에서 서서히 무기력해지고 있었다. 쾌영의 눈에 그녀 몸이 오늘따라 더 작아보였다. 저 작고 여린 몸으로 만만찮은 세월을 견뎌왔을 걸 생각하니 애잔함이 차올랐다. 또 한 사람, 먼먼 이국땅에서 한 평생 바다를 바라보며 남편을 기다렸을 고려여인이 그녀 위를 스쳐지나갔다.

"우연히 한 여인을 알게 됐어요. 순이라는 고려여인이었어요."

쾌영의 차가 연륙교 위를 지나고 있었다. 쾌영은 연륙교를 지날 때마다 사고 나던 그날 밤이 떠올라 숙연해졌다. 연륙교를 건너고 난 쾌영은 아주 오래된 이야기를 꺼내기 시작했다. 항저우 옛집 창고에서 찾아낸 일기장과 이곳 시루섬까지 들어오게 된 사연을 그녀에게 찬찬히 들려주었다.

"처음엔 단순한 호기심이었어요. 실제 유물선이 시루섬에서 발굴되었다는 기사를 본 순간 어떤 사명감 같은 게 생기더군요. 이곳 바다에 침몰한 700년 전 유물선이 저의 조상과 관련이 있다는 확신도 섰지요. 첨엔 인양된 보물에도 관심이 많았던 건 사실이에요. 혹시 그것들 속에서 내 조상의 흔적을 찾을 수 있으려나 기대도 했고요. 그런데 그날 이곳에 와서 당신을 만나던 순간 당신에게서 가슴 속에 그렸던 고려여인을 봤어요."

도화는 쾌영이 처음 카페에 찾아온 눈보라치던 반년 전 겨울저녁을 떠올렸다. 그가 머리에 수북이 눈을 뒤집어쓰고 카페 문을 두드리던 그 날을…….

"어쩌다보니 제 감정만 앞세웠어요. 잘 알지도 못하고 무례하게 굴었던 거 미안해요."

"그런 적 없으니 전혀 마음 쓰지 말아요."

쾌영이 따뜻하게 웃으며 그녀 손을 잡아주었다.

두 사람은 병원 응급실에서 채목을 만났다. 채목은 크게 다친 곳은 없지만 공포와 충격으로 불안증세가 좀 있었다. 그들이 도착했을 땐 안정제를 투여하고 잠이 들어 있었다.

"이젠 괜찮아. 괜찮아."

도화는 잠에 든 채목을 꼬옥 끌어 안아주며 마치 자신에게 말하듯 괜찮다, 괜찮다, 를 주문처럼 중얼거렸다. 얼굴과 몸에 상처를 입은 박 교수는 의료진의 간단한 조치를 받은 뒤에 경찰서로 연행되어 조사를 받았다. 그는 계속해서 범행을 부인하며 정당방위를 주장했다.

신안선은 시루섬에 정박한 채 관계자들은 사태를 파악하느라 분주했다. 신안선이 항해를 계속해야 할지 여기서 멈춰야 할지를 논의하는 지경에 이르렀다. 한중일 세 나라 간의 프로젝트다보니 가벼이 결정할 사안이 아니었다. 더구나 이번 프로젝트를 기획하고 총괄한 박 교수가 사건과 연루되었기에 '700년 전 뱃길을 가다'는 거센 풍랑을 만난 것처럼 표류하고 있었다. 새로이 TF팀이 꾸려지면서 프로젝트는 급물살을 타고 빠르게 진행되었다. 신중한 논의 끝에 신안선의 대항해는 계속되는 걸로 결정되었다. 신안선은 처음 계획대로 시루섬에서 진혼제를 거행한 후 최종목적지인 일본으로 떠나게 되었다.

만들 모래사장에 제단이 만들어지고 제상이 차려졌다. 주변으로 만장기가 나부꼈다. 만장기 사이로 순順 자가 새겨진 붉은 깃발도 펄럭였다.

어허 어허허허로구나 나무여 어허 어허 어히

당골래 선소리가 만들백사장에 애달피 울려 퍼지면서 진혼제가 시작되었다. 바다도 화답하는지 모처럼 청물이 들었다. 하늘과 바다가 시리게 파랗다.

넋이로다 넋이로다 이 넋이는 누 넋이냐

이 세상을 못다 살고 못다 입고 가는 혼백
넋이야 넋이로다 불쌍하신 넋이로다

흰옷에 고깔을 쓴 당골이 징소리 피리소리에 넋드리춤을 추었다. 만들 앞바다에서 비운의 수몰로 유명을 달리한 망자의 넋을 달래는 춤이었다. 빙 둘러서서 굿판을 지켜보는 이들은 손에 촛불을 밝히고 제단에 국화를 바치며 망자들을 추모했다. 도화는 카페 창가에 서서 진혼제를 지켜봤다. 한낮 햇살이 바다를 향해 쏟아지고 있었다. 위로 받은 넋인 양 고요한 수면으로 햇살이 반짝거렸다. 도화 가슴을 누르고 있던 어머니와 기석의 넋이 햇살로 바람으로 훨훨 가벼워지는 것을 보았다.

다시 신안선 돛이 팽팽하게 부풀었다. 채목은 승선을 포기하고 대신 쾌영이 남은 항해에 합류하기로 했다. 앞서 쾌영이 승선체험단 대기자 명단에 들어 있었기에 승선절차는 간단했다. 무엇보다 도화와 채목이 쾌영의 승선을 적극 추천했다. 비록 고려여인의 일기를 보여줄 순 없게 돼 버렸으나 새로운 TF팀은 쾌영의 말을 신뢰했고 승선이 허락되었다.

시루섬에서 신안호가 출항하는 날 도화가 그를 배웅하러 나왔다.

"잘 다녀오세요."

"무사히 항해 마치고 꼭 돌아올게요."

마침내 신안호는 700년 전 목적지인 일본을 향해 떠났다. 시루섬이, 그녀의 카페에서 빠르게 멀어졌다. 쾌영은 점퍼 안주머니에서 채목에게 돌려받은 붉은 비단천을 꺼내 들여다보았다.

'이거 원래 아저씨 거였어요.'

쾌영은 붉은 비단천을 만지작거리며 고개를 들었다. 멀리 만들선착장에 고려여인이, 아니 도화가 손을 흔들며 서 있는 게 보였다.

며칠 뒤 상철의 사체가 수습되었다. 본격적인 수사가 시작되면서 박 교수의 그간 범행이 하나씩 세상에 드러났다. 학자 행세를 하며 뒤로는 전문도굴단과 손잡고 유물을 빼돌린 그의 두 얼굴은 생각했던 것보다 잔혹했다. 고양이에게 생선을 맡긴 꼴이었다. 경찰은 그의 집을 수색해서 그동안 빼돌린 상당수의 유물들을 찾아냈다. 그의 이층집 지하창고가 작은 박물관을 방불케 했다. 수십 년간 빼돌린 유물이 지하공간에 가득했다. 압수한 유물 중에 유독 눈에 띄는 게 있었다. 오래 전 한밤중에 도화집에 들이닥쳐 그녀 아버지를 짓밟고 도일에게 뺏어간 청자불상이었다. 박 교수의 범행과 비리는 매스컴을 한바탕 뜨겁게 들끓게 했다.

18

멀고 긴 귀향

신문기사를 본 도일이 도화를 찾아왔다. 삼십여 년 만에 만난 남매는 부모님 산소를 먼저 찾았다. 마을과 바다가 훤히 내려다보이는 산비탈에 두 분의 무덤이 있다. 어머니 시신을 끝내 찾지 못해서 아버지 무덤에 어머니 옷 한 벌을 함께 넣어 드렸다. 무덤가에는 삐비꽃이 하얗게 세어 바람에 하늘거렸다.

"실은, 너 모르게 부모님 뵈러 여길 몇 번 다녀갔다."

도일이 술잔에 담긴 술을 무덤가에 뿌리며 혼잣말처럼 입을 열었다.

"어떻게 알고?"

"복춘이한테 물었어. 너한텐 비밀로 하라 그랬지."

"그랬군요."

"멀찍이서 너도 보고 카페도……."

도화는 쉰이 다 되어 돌아온 오빠를 그저 하염없이 바라볼 뿐이었다.

열일곱 소년이 연극무대에 서기 위해 노인으로 분장을 한 것만 같았다. 도일은 깡마른 몸에 굽은 어깨가 이전보다 훨씬 작아보였다. 얼굴에 깊이 팬 주름과 부러진 앞니 두 개는 치료를 못해 그대로였다. 거친 손마디와 몸 여기저기 난 흉터자국으로 얼마나 험한 길을 걸어왔는지 상상이 갔다. 많은 게 변했지만 눈빛은 늙지 않았다.

둘은 부모님 무덤을 등지고 나란히 앉아서 발아래 펼쳐진 바다를 바라봤다. 만들선착장과 그 옆 백사장이 한눈에 들어왔다. 검생이마을의 몇 안 남은 집들과 그 사이로 새로이 깔린 널찍한 도로와 바닷가 쪽 도화의 배 카페도 보였다. 도일이 어릴 적에 비료포대 들고 미끄럼 타러 올라와서 저 아래를 내려다보면 올망졸망한 초가들이 옹송그리고 앉았었다. 낮은 굴뚝으로 연기가 피어오르면 바다에 나갔던 아버지는 작은 배를 통통거리며 돌아오고 어머니는 뻘물에 젖은 옷을 빨랫줄에 내다 걸며 소리쳐 두 남매를 불렀었다. 그 소리에 강중거리며 집으로 달려가던 모습이 이렇게나 선한데 삼십 년이 지난 풍경이 돼버렸다.

"날 많이 원망했지?"

"네."

"아버지도 그랬을 거야."

"아버진 돌아가실 때까지 그 일에 대해 한마디도 꺼내지 않으셨어요. 말은 안 해도 오빠를 많이 기다리셨어요."

"그땐 내가 철이 없었고 어리석었어. 아버지 마음을 받아들이지 못한 게 가슴 아파. 지금 생각하니 부끄럽고 특히 너에게 미안함이 크다."

"저는 괜찮아요. 지금이라도 이렇게 돌아와서 고맙고 다행이에요."

도화는 오빠 도일의 목소리가 하도 정겨워서 눈물이 왈칵 솟았다. 오빠를 이렇게 마주할 수 있다는 게 꿈만 같았다.

"두 번 다시 그 일을 떠올리긴 싫지만 너한테 꼭 할 말이 있다. 넌 그 불상을 내가 숨겼을 거라고 믿겠지. 이제 와서 얘기하면 달라질 것도 없는데 내가 그걸 숨기지 않았어."

"그럼, 누가?"

"어느 날, 소 먹이고 집에 돌아오는데 아버지가 중천장을 새로 바르고 계셨어. 뜯어진 적도 없는데 말이지. 그땐 별 생각이 없었는데 그 치들이 집에 들이닥쳤을 때 알았어."

"그럼, 아버지가?"

"아마도 내가 대학에 가면 등록금을 만들 요량이셨을 거야. 신고해봤자 쥐꼬리만 한 보상금에 도둑취급을 받으니 그런 마음을 먹었던 것 같어. 그때는 알게 모르게 그렇게 많이들 했을 때야. 실제로 찾아낸 것보다 파손되거나 뒤로 빼돌린 게 더 많다는 말도 있었고. 그날 아버지가 그 치들한테 밟히고 터지는 걸 차마 보고만 있을 수가 없었어. 그래서 그랬어."

도화는 그날이 너무나 선명해서 잊히지가 않았다. 녹슨 낫을 쥐고 중천장을 북북 긋던 도일의 모습이…….

"난 오빠가 그걸 숨긴 줄 알았어요. 오빠 때문에 아버지가 도둑누명을 썼고 죽을 고비를 넘겼다고 생각했고 내가 섬을 나가지 못한 것도 오빠 때문이라고……. 그래서 오빠를 내내 원망했어요."

"알아. 알면서도 말 안 했어. 아버지가 왜 그랬는지도 알았고 그래서…….”

반백의 머리칼 아래로 보이는 도일의 눈자위에 핏대가 섰다.

“그날 내가 끝까지 모른 척했다면 아버진 그들한테 맞아서 돌아가셨어.”

“…….”

“너도 신문 봐서 알고 있겠지? 그날 밤 그치들을 우리 집에 보낸 작자가 누군지…….”

“네. 알아요.”

“죄의 끝은 있다고 이젠 다 잊고 채목이랑 너, 앞으로의 일만 생각해라. 니 몸도 좀 추스르고.”

도화는 그렇게 말하는 도일에게서 아버지를 봤다.

“오빤 아버질 많이 닮았어요. 얼굴도 목소리도…….”

“그래, 너한테서도 어머니 모습이 보인다. 너무나 일찍 돌아가셔서 흐릿하지만,”

둘은 서로에게서 부모님을 보려는 듯 한동안 마주보았다. 그러다가 통통거리는 뱃소리에 다시 고개를 바다로 향했다. 멀리 김 양식장 주변으로 배가 분주히 움직였고 수평선 가까이 커다란 고깃배가 지나는 게 보였다. 하늘은 더없이 맑았고 바다는 오늘따라 짙푸르고 잔잔했다. 바다 여기저기 크고 작은 섬들도 또렷하게 보였다. 도화는 맑은 날엔 중국 땅이 보인다던 아버지 말을 떠올렸다. 그녀는 손차양을 하고 눈을 가늘게 뜬 채 서쪽 바다 끝을 바라보았다.

도일은 다시 오겠다고 약속하고 시루섬을 떠났다. 채목은 치료를 받으며 서서히 회복했다. 어느 정도 몸이 회복되자 신문사에 사표를 내고 공부를 더 하겠다며 중국으로 떠났다.

여름성수기가 되면서 시루섬이 다시 북적였다. '700년 전 뱃길을 가다'가 다큐멘터리로 집중 보도되면서 올해 관광객이 더 늘었다. 카페도 두 배는 더 바빠졌다. 그런데도 도화는 아르바이트 모집광고를 내지 않고 혼자서 손님을 받았다. 카페에 관광버스가 들어오면 건너편에서 복동어매가 되똥거리며 달려와 손을 보태야 했다.

그날도 카페 출입문 밖 계단까지 손님들이 줄지어 섰다.

"오매! 도화야, 커피 팔다가 사람 잡겄어야!"

도화를 도와서 음료를 나르던 복동어매가 소리소리 질렀다. 도화는 분주히 두 손을 놀리면서 싱긋이 웃기만 했다. 머리 위에서 에어컨이 쌩쌩 돌아가는데도 이마에 땀이 송골송골했다.

"아여! 거시기 아루바이툰가 뭔가는 어째 못 구한다냐? 글씨, 안 구하는 거여, 못 구하는 거여?"

여전히 도화는 입을 다물고 미소만 지을 뿐이었다. 가끔씩 누구를 기다리는지 주차장 쪽을 흘끔거렸다. 그때였다.

"손님 여러분, 잠시만요! 잠시만 기다리시면 세상에서 젤루 맛있는 커피를 드실 수 있습니다."

쾌영이었다. 그가 돌아왔다. 쾌영은 거멓게 그을린 얼굴에 하얀 이를 드러내며 도화를 향해 활짝 웃어보였다.

"오매! 이 사람아, 반갑네! 반가워! 어여 오시게!"

복동어매가 두 팔을 번쩍 올리며 호들갑스레 반겼다. 도화도 두 뺨이 발그레 달아오른 채 쾌영을 바라봤다. 쾌영은 재빨리 앞치마와 두건을 찾아 두르고 머신 앞으로 달려들었다.

"제가 너무 늦은 거 아니겠죠?"

"그럼요! 700년도 기다리는데 그깟 며칠 못 기다릴까요?"

도화가 눈을 찡긋하고 웃었다.

"일단 저는 약속을 지켰습니다."

쾌영이 화답처럼 눈을 찡긋했다.

에필로그

시루섬 전설

거센 폭풍우 그치고 바다는 이내 잠잠해졌다. 바다는 한번씩 그렇게 두 얼굴을 드러내며 여린 생명들에게 상처를 남겼다. 지난 밤 풍랑이 언제 그랬냐는 듯 말갛게 갠 하늘과 그 하늘빛을 닮은 바다가 길게 배를 맞대고 고요했다. 차르르 차르르 파도가 모래톱을 어루만지며 오가고 갈매기울음소리는 바쁘게 뭍을 넘나들었다. 은빛 고운 모래사장에 얼굴을 묻고 쓰러진 세령에게 사람들이 조심스레 다가왔다. 죽은 거여? 살아 있어. 저것 봐! 숨을 쉬고 있어! 귓전에 웅성거리는 소리 들려왔다. 세령은 손끝 하나 까딱할 기력조차 남아 있지 않았다. 입술이 몹시 타고 바짝 마른 입안에선 모래가 서걱거렸다. 누군가 바가지에 물을 담아와 그의 입을 적셨다. 세령이 바가지에 얼굴을 처박고 벌컥벌컥 물을 들이켰다. 물을 다 마신 세령이 눈을 떠 주변을 둘러보았다. 눈앞에선 햇살이 폭포처럼 부서져 내리고 있었다. 날카로운 빛살에 동공을 찔려 심한 통증이 일었다. 세령은 도로 눈을 감아버렸다.

'여기가 어디요?'

세령이 입을 열었다. 분명 입을 열었는데 말이 나오지 않았다. 옷은 찢기고 건은 벗겨져 산발인 채였다. 다리가 부러졌는지 한쪽 발끝에 감각이 없었다. 세령은 엎드린 그대로 눈만 껌벅거릴 뿐이었다.

'왜 내가 여기 이렇게 있는 걸까?'

머릿속이 먹물처럼 까맸다. 바닷물이 서서히 들고 있었다. 발끝부터 조금씩 그이 몸이 젖어들기 시작했다. 몸을 움직일 수 없는 세령은 모래에 얼굴을 묻고서 다시 깊은 잠에 들었다.

그리고 꿈을 꾸었다. 꿈속에서 아내를 만났다. 박꽃처럼 흰 아내가 환히 웃으며 그의 품속으로 달려와 안겼다. 아내에게선 다디단 젖내가 나고 뽀얀 젖가슴엔 아이가 안겨 젖을 빨고 있었다. 세령은 커다란 손을 내밀어 아내의 불은 젖가슴을 쓸며 아이의 볼을 만졌다. 놀란 아이가 울음을 터트렸다. 아내가 아이를 흔들어 달랬다. 이내 아이를 안은 아내가 멀어져갔다. 그가 잡으려고 손을 내밀자 그럴수록 점점 더 멀어졌다. 아니, 멀어지는 게 아니라 사라지고 있었다. 마침내 눈앞이 안개처럼 뿌예졌다.

세령이 탄 원추선은 풍랑에 떠밀려 표류하다 시루섬 앞바다에 침몰하고 말았다. 선실 가득 실린 무역품과 동복사 스님들과 수십 명의 선원들도 배와 함께 바다 저 깊은 곳으로 가라앉았다. 거친 바다 차가운 물속에 빠진 세령은 정신을 잃어갔다. 그때였다. 세령은 꿈인 듯 아득하게 아내의 목소리를 들었다.

"당신, 무사히 돌아오세요!"

세령은 아내를 떠올리며 정신을 차리고 온힘을 다해 헤엄쳐나갔다. 배에서 쏟아진 물건들이 파도에 이리저리 휩쓸리며 부딪쳤다. 그때 커다란 물체가 떠밀려와 그의 몸을 때렸다. 부러진 돛이었다. 세령은 부러진 돛을 붙안고서 사력을 다해 파도를 헤쳐나갔다. 그의 몸은 거친 물살에 흔들렸고 이내 정신을 잃었다.

세령이 떠밀려온 곳은 고려의 서쪽 작은 섬이었다. 그는 천신만고 끝에 겨우 목숨을 부지했으나 기억도 잃고 말도 잃었다. 세령은 한동안 바닷가에 움막을 짓고 홀로 거기서 지냈다. 그의 눈빛은 늘 바다를 향했다. 그곳에서 세령은 화석처럼 시나브로 굳어갔다. 하루하루 초점 잃은 눈으로 머언 바다를 바라보던 그는 폭풍우 치던 어느 밤 어디론가 사라졌다. 시루섬 사람들은 그가 용왕의 아들이었을 거라고도 말했다. 그가 잠시 머물었던 오두막에는 이 섬을 다녀간 흔적인 양 붉은 비단천이 부적처럼 남아 있었다.

작가의 말

파먹을 것이 많은 고향 '증도'를 위하여

오래 전 목포해양유물전시관에 들렀다가 두 줄의 한시漢詩가 새겨진 백자 접시를 보았다. 중국 어느 궁녀가 지었다는 한시를 읽다가 이 작품을 구상했다.

流水何太急 深宮盡日閑

흐르는 물은 그리도 급한데 깊은 궁궐은 종일 한가롭네

사람들은 내 고향을 '보물섬'이라고 부른다.

한때 고향 앞바다에서 2만 점이 넘는 보물이 올라왔으니 틀린 말은 아니다. 멸치젓국물처럼 물색 칙칙한 바다에서 끝도 없이 보물이 올라오던 모습은 과히 장관이었다. 수만 점 보물이 올라오면 뭣하랴. 거기 사람들은 지금도 변함없이 가난할 뿐이다. 보물 한 점 없는 보물섬! 빛나고 값나가는 것들은 영악한 이들이 싸들고 가버렸고 남은 것은 가슴에 깊이 팬 생채기였다.

장편소설을 탈고하고 가장 먼저 소식을 알린 곳은 중학교 동창 밴드였다.

신안 증도중 12회 밴드는 외딴 섬처럼 고요한 곳이다. 이따금 회장이 요란스런 영상이나 여기저기 떠도는 잠언을 가져와 올려놓지만 조회 수가 열 자리를 넘지 못한다. 드문드문 부모나 형제들 부고와 결혼식 알림이 올라오곤 한다. 그래도 나는 자주 그곳을 기웃거린다. 내 고향 '증도' 두 글자만 봐도 마음이 푸근해지기에. 고맙게도 고향 친구들은 아직도 나를 '글 잘 쓰는 아이'로 기억하고 있었다.

지지난 해 고향에 내려가 일 년을 지냈다.

열여섯에 거길 나왔으니 삼십 년 만의 고향살이였다. 그토록 그리던 고향 품에 돌아왔는데 알게 모르게 낯설고 불편했다. 고향은 더 이상 외딴섬이 아닌 흔한 관광지로 변해 있었다. 순한 눈빛의 고향사람들은 간데없고 외지인들이 더 득실거렸다. 폐교가 된 학교 운동장엔 잡초가 무성했고 눈비에 질척거리던 등하굣길 또한 묵어서 다닐 수 없게 돼버렸다.

가난하고 소외된 그 섬이 부끄러웠던 아이는 한때 고향을 빛내겠다는 야무진 꿈을 꾸기도 했다. 세월은 무참히 흘러버렸고 고향은커녕 저 스스로도 빛나지 못한 그네는 잿빛 도시를 이리저리 떠돌다 다시 그 섬으로 흘러들어왔다. 그리곤 흩어진 추억들을 긁어모아 이야기 하나 뚝딱 만들었다.

'작가는 고향을 파먹고 산다'는 말이 있다.

그래선지 내 글에서 비릿한 바닷내와 설운 노을이 만져진다고들 말한다. 아직도 파먹을 고향이 있어서 다행이다.

신안해저유물 관련한 자료는 다음카페 '증도사랑 모임'에서 얻었다. 아울러 작품 속 인물들은 모두 소설적 구성임을 밝힌다.

마지막으로 작품이 나오기까지 도움을 주신 이종화 신안군 증도 슬로시티 사무국장, 태평염전 이문배 차장님께 고개 숙여 감사드리며, 묵묵히 고향을 지키는 내 친구들 혜숙, 명선, 종필, 양자에게도 고마움을 전한다.

2018년 12월

이진숙

국립중앙도서관 출판예정도서목록(CIP)

700년 전 약속 : 이진숙 장편소설 / 지은이: 이진숙. -- [서울] : Bookin(북인), 2018
p. ; cm. -- (소설문학 소설선)

ISBN 979-11-87413-39-4 03810 : ₩13000

한국 현대 소설[韓國現代小說]

813.7-KDC6
895.735-DDC23 CIP2018042223

이진숙 장편소설
700년 전 약속

지은이_ 이진숙
펴낸이_ 조현석
펴낸곳_ 북인
디자인_ 푸른영토

1판 1쇄_ 2018년 12월 31일
1판 2쇄_ 2019년 03월 15일
출판등록번호_ 313 - 2004 - 000111
주소_ 121 - 842 서울 마포구 서교동 467 - 4, 301호
전화_ 02 - 323 - 7767
팩스_ 02 - 323 - 7845

ISBN 979 - 11 - 87413 - 39 - 4 03810

이 책은 경남문화예술진흥원의 문화예술지원금을 보조받아 발간하였습니다.